브라질에서
분필을 들다

일러두기

이 책은 2017년에 수집한 정보로 만들었습니다. 관광지, 교통편 등과 관련된 내용은 현지 사정에 따라 변경될 수 있습니다.

브라질에서 분필을 들다

안태수
쓰고 찍다

휴앤스토리

Contents

Chapter 01 「브라질 삶」

Chapter 02 「브라질 학교」

Chapter 03 「 브라질 여행 」

「 부록 」

한 청년이 '사서 고생'하는 우여곡절을 그린 드라마. '짧지만 굵은 인생'을 몸소 실천하는 이야기. 스와질란드에 다녀온 지 얼마 되지 않았는데 이번에는 브라질에 간다고 했다. 이번에도 '국경 없는 선생님'이 되어 아이들을 가르치러 간다고 했다. 지역이나 인종에 상관없이 다음 세대를 위해 해줄 수 있는 가장 큰 선물을 전하겠다며 웃음 가득한 얼굴로 떠났다. 1년이 지난 지금, 형의 내면은 많이 달라져 있었다. 장난기 가득했던 그가 '중후한' 사람이 되어서 돌아왔다. 단순한 여행이 아닌 뚜렷한 목표의식을 마음에 품고 가서 그런지 굉장한 성취감을 가슴에 담아 온 듯했다. 열기 넘치는 그곳에서, 열정 가득한 그가 쓴 이 책에는 여기저기서 강렬한 스파크가 튄다. 직접 느낀 경험을 토대로 브라질에 대한 각종 Tip, 알아두면 필요한 회화, 간단한 소개 등을 함께 수록했으며 브라질로 여행을 계획했다면 많은 도움이 될 것이다. 여행에 딱히 관심이 없는 나조차도 가슴 벅찬 느낌을 받았다. 인생에서 뭔가 특별한 활기를 느끼고 싶고, 열정이 넘치는 뜨거움을 느끼고 싶다면 망설이지 말고 브라질행 티켓을 끊으시라. 브라질에서 뜨거운 분필을 든 그가 책을 통해 옆에 있어줄 것이다.

— 강원도 교육청 주무관 강윤호

이민자로서 당연하게 여기고 지나쳐버렸던 브라질의 소소한 일상들을 다시 한 번 소중하게 느낄 수 있도록 생각하게 해준 고마운 책. 다시 꺼내본 추억처럼 편안하게 다가와 준 친구 같은 책. 계속해서 보고 싶어지는 그리운 학창시절 선생님과 같은 책.

- 브라질 이민자 김환이, 김지혜

꿈이라는 단어는 항상 우릴 설레게 합니다. 안태수 선생님이 브라질에서 들었던 한 자루의 분필. 그것이 지금 당장 얼마나 큰 교육적 가치를 갖는지는 잘 모르겠지만 꿈을 향해 한 걸음씩 나아가다 보면 언젠가 뒤돌아봤을 때 분명 큰 의미가 되어있을 것입니다. 친구로서, 같은 또래의 대한민국의 청년으로서 꿈을 향한 그의 행보를 응원합니다.

- 전북 외고 오재균 선생님

《스와질란드에서 분필을 들다》로 가슴 뿌듯하게 하던 안태수 선생님이 이번엔 《브라질에서 분필을 들다》로 찾아왔습니다. 젊음의 열정과 패기로 빛나던 선생님을 아프리카 작은 나라 스와질란드에서 처음 만난 후 두어 해 시간이 지나 깊고 진중한 눈빛을 가진 선생님을 다시 만났습니다. 브라질에서 일 년이 그를 더욱 성숙하게 한 것 같습니다. 용기와 도전 정신으로 자신의 한계를 시험하고 미래를 꿈꾸는, 이 책은 현실에 안주하지 않고 자신을 꿈을 찾아 도전하는 우리 젊은이들에게 용기를 줄 수 있을 것입니다. 낯선 나라, 다른 문화 속에서, 외국인 교사로서 힘겨웠을 시간들이 고스란히 전해져 가슴이 먹먹해지기도, 그의 용기와 도전에 경외심이 들기도 합니다. 아프리카 오지에서, 남미 브라질에서 교사로서 지내온 삶을 책으로 엮어 지난 시간을 기록하고 미래를 그려나가는 안태수 선생님은 참으로 존경스런 후배이며 자랑스러운 우리의 젊은이입니다. 이제 그는 또 다른 곳으로 떠납니다. 일 년 후 『탄자니아에서 분필을 들다』편을 기대합니다.

― 국립국제교육원 박숙열 연구사

　단숨에 읽었다. 그리고 나도 글을 쓰고 싶어졌다. 남기고 싶어졌다. 내 소중한 하루하루를……. 서른 살의 그처럼. 올해 내가 한국에서 다시 파견국(보츠와나)으로 돌아가기 전날, 1년 만에 만나는 태수는 정말 반가웠다. 태수가 처음 스와질란드에서 파견 교사 생활을 시작했을 때, 나도 함께 그 곳에서 첫 파견 교사 생활을 시작했고 비슷한 지역이라 자주 만났다. 그래서 나는 그를 잘 알고 있다고 생각했다. 그런데 그때와는 많이 달라져 있었다. 2년 사이에 그는 무척이나 성장했다. 도대체 그는 무슨 경험을 한 걸까? 그리고 책을 또 썼다고 했다. 나는 멋지다는 말 밖에는 할 수가 없었다. 내가 할 수 없는, 내가 하지 않은 일을 그는 두 번이나 해낸 것이다. 하지만 놀라진 않았다. 충분히 예상하고 있었다. 그의 두번째 책을. 태수는 그렇게 자기방식으로 자신을 기록해나가고, 그 경험과 추억을 차곡차곡 쌓아갔다. 경험을 어떻게 기록하고 추억하느냐에 따라 자신의 삶이 풍족해지기도, 가난해지기도 한다. 그는 자기 방식으로 삶을 풍족하게 만드는 재주가 있었다. 책을 읽으면서 내가 알고 있는 태수의 모습으로 상상하며, 그 상황에서 그의 행동을 상상하며 배시시 웃기도, 위험한 상황에서는 인상을 찌푸리며 걱정스러운 표정으로 읽기도 했다. 책을 읽고 나서 브라질의 학교생활을 직접 체험한 것 같고, 브라질 전체를 일주한 기분이 들었다. 브라질 생활상과 교육 경험 그리고 여행까지, 많은 부분을 아우르고 있는 이 책은 어디에선가 분필을 들 예비교사와 현재 분필을 들고 있는 교사, 브라질이 궁금한 사람, 누군가의 꿈을 엿보고 싶은 사람 등 다양한 사람들이 읽으면 좋을 것 같은, 편안한 친구 같은 책이다.

이 책을 읽은 당신도 누군가에게 당신의 꿈을 이야기하는 사람이 되어 있을 테니 말이다.

– 보츠와나에서 꿈을 이야기하는 교사 송인숙

아프리카 스와질란드에 이어서, 이번엔 남아메리카 브라질입니다.

스와질란드에서 돌아온 후, 감사하게도 경기도에 한 기독국제학교에서 학생들을 만나게 되었습니다. 그곳에서도 학생들과 함께하며 추억을 쌓았습니다. 그리고 어느새, 다음 파견을 가야 할지 말아야 할지 결정해야 하는 순간이 찾아왔습니다.

'서른이라는 나이 때문이었을까요?' 가슴 한쪽에 있는 불안함과 압박감에 결정이 쉽지는 않았습니다. 반복적인 일상과 예상되는 미래, 사람들이 흔히 말하는 안정적인 삶. 그런 삶과 제가 가진 꿈 사이에서 고민하기 시작했습니다. 내가 사는 이유, 이 세상 모든 사람이 행복하게 되는 것에 이바지하겠다는 그 꿈. 눈을 감고, 꿈을 갖게 된 순간을 떠올렸습니다. 설렘, 가슴이 두근거려 잠을 이루지 못했던 나날들, 꼭 이루겠다는 다짐을 기억해내며, 저는 다시 꿈의 별로 향하기로 했습니다. 그리고 다음 날, 저는 사직서를 제출했습니다. 그리고 브라질로 가게 되었습니다.

꿈을 이루기 위한 나만의 프로젝트! 세계 교생실습은 현재 국립국제교육원의 '개발도상국 기초교육향상 프로그램'으로 또다시 한 걸음 나아갔습니다.

과연 브라질에서는 어떤 삶이 펼쳐질까요? 또 그곳에 있는 학생과 선생님 그리고 학교는 어떤 모습일까요?

친절하고도 무서웠던 사람들, 앞에서는 싫은 소리 못하는 문화, 볼키스하며 인사하는 사람들, 돈에 따라 극명하게 나뉜 그들의 삶, 화끈한 브라질 해변, 주말마다 열리는 파티, 그 삶 속에서 한 한국인의 브라질 적응기
학교라기보다 학원에 가까운 사립학교, 대학교 강의실 같던 교실, 교무실이 없는 학교, 꼼꼼하고 자세하게 수업하는 선생님들, 학생들을 관리하는 관리자, 학교 운영을 관리하는 또 다른 관리자, 잦았던 시험, 편하게 수업 듣던 학생들, 어색하기만 했던 브라질 학교.
눈앞에 있어도 믿어지지 않던 거대한 폭포, 으스스한 정글에서 하룻밤, 그림 같았던 바다, 인터넷에서만 보던 예수상, 이불 같은 사막 호수, 한국에서는 볼 수 없던 신비로운 자연환경과 다양한 생명체들이 살던 브라질 여행.

삶, 교육, 그리고 여행
브라질에서 350일 동안의 추억을 공유합니다.

Chapter 01

「 브라질 삶 」

간단하게 브라질!

브라질에 오기 전까지
나는 브라질에 대해 아는 것이 별로 없었다.

브라질은 남아메리카에서 가장 크고 세계에서 다섯 번째로 큰 나라다. 과거 포르투갈 식민지 시대를 겪으면서 남아메리카에서 유일하게 포르투갈어를 사용하는 국가이다. 지금의 포르투갈어는 포르투갈과 브라질에서 사용하는 것으로 나뉜다. '너', '너희들'과 같은 2인칭 단·복수를 쓰지 않는 대신에 '당신', '당신들'을 쓰는 것이 브라질 포르투갈어의 가장 큰 특징이다.

브라질 첫 번째 수도는 싸우바도르Salvador로 시작해, 두 번째는 히우지자네이루Rio de Janeiro 그리고 현재는 내륙 지방을 발전시킨다는 이유로 브라질리아Brasilia로 옮겼다. 모두 27개 주로 이루어져 있으며 쌍파울루주에 가장 많은 인구가 살고 있다. 한 나라 안에서도 1시간의 시차가 날 정도로 브라질은 넓었다.

1 이구아수 **2** 헤시피 **3** 싸우바도르 **4** 마나우스 **5** 히우 **6** 보니뚜 **7** 제리코아코아라

브라질에서 분필을 들다

화폐

화폐는 헤알_{Real}로 읽는다. 브라질 1헤알은 한국 돈 330~380원, 한국 1,000원에 브라질 2.5~3 헤알 사이 정도이다. (2017년 기준)

인종

브라질 인종은 다양하다. 보통 어떤 나라를 생각하면 떠오르는 얼굴이 있는데, 브라질은 다양한 얼굴들이 떠올랐다. 축구선수 호나우두도, 비정상회담에 까를루스도 모두 브라질 사람인 것처럼, 피부색과 눈, 코, 입 모양과 상관없이 이 사람도 저 사람도 모두 브라질 사람 같았다.

음식

대표적인 음식으로는 브라질식 바베큐 슈하스코_{Churrasco}와 브라질 스프인 페이조아다_{Feijoada}가 있고 즐겨 먹는 간식으로는 빠스떼우_{Pastel}와 아싸이_{açai} 그리고 사탕수수 음료수가 있다. 평소 현지인들은 밥에 스프를 올리고 그 위에 콩가루를 뿌려 먹는다. 현지인들이 권했던 음식은 대부분 짰던 것으로 봐서 브라질 사람들은 짜게 먹는다는 것도 알게 되었다. 브라질에 살면서 가장 좋았던 것은 고기가 저렴해, 매일 저녁 메뉴는 스테이크였다. 그리고 브라질 전역에서 일본음식 스시와 라면을 볼 수 있던 것도 눈에 띄었다.

음료

브라질에도 코카콜라와 스프라이트가 흔하다. 그리고 브라질에만 있는 특별한 음료수가 있는데, 그것은 브라질 식물로 만든 과라나Guarana다. 과일 맛이 나는 톡 쏘는 음료다. 브라질 여행 오는 사람이 꼭 맛보는 것 중 하나라고 한다. 또한 브라질 사람들은 맥주를 좋아한다. 가격은 매우 싸지만 (500mL에 약 800원 정도), 종류가 다양해 고르기 힘들기도 하다. 브라질 전통 술인 카샤사Cachacha는 우리의 소주만큼이나 많은 사람이 마신다. 도수는 소주보다 훨씬 세기 때문에 현지인들은 보통 과일즙과 설탕 또는 꿀을 넣어 마신다.

파벨라

브라질은 빈부격차가 매우 심하다. 모든 도시에는 잘사는 지역과 못사는 지역이 공존한다. 못사는 지역을 브라질에선 '파벨라Favela'라고 부른다. 파벨라 사람들은 생계를 유지하기 위해 여행자들을 대상으로 강도나 마약 거래를 한다. 참고로 마약 거래가 활발한 파벨라는 사람들이 총으로 중무장하고 있어 매우 위험하다. 이 때문에 현지인이 가지 말라는 곳은 가지 말아야 한다.

교육

많은 브라질 사람들은 공교육이 완전히 붕괴한 상황이라며, 자기 아이들을 공립학교에 보내고 싶지 않다고 한다. 가장 큰 이유는 교육 수준의 차이다. 낮은 급여로 인해 많은 실력 있는 선생님들은 공립학교에서 근무하기를 원하지 않는다. 한편, 브라질에서 사립학교 선생님은 나은 편이지만, 선생님이라는 직업은 사회적으로 대우가 좋지는 않다. 한 예로 우리 학교 선생님들은 하루에 아침, 점심, 저녁까지 수업하는 것도 모자라 과외까지 한다.

여행지

많은 사람에게 브라질은 예수상과 이구아수 폭포만 알려졌지만, 그 밖에도 볼 것이 많다. 오직 브라질에만 있는 신비로운 사막과 남아메리카에 크게 퍼져있는 아마존 그 밖에도 자연이 만든 아름다운 경관들이 브라질 전역에 골고루 퍼져있다. 게다가 특색있는 마을에 지루할 틈이 없다. 1년 동안 브라질만 여행했던 사람도 "브라질을 알기에는 아직도 부족하다"고 말할 정도다.

써머타임

브라질에는 여름에 한 시간을 앞당기는 써머타임 제도가 존재한다. 평소에는 한국과 시차가 12시간 나는데, 여름엔 1시간이 줄어 11시간이 난다. 예를 들어 브라질이 오후 2시라면, 한국은 오전 2시, 써머타임 기간에는 오전 1시가 된다. 써머타임이 없다면, 한여름엔 새벽 4시, 이른 새벽에 일출을 보게 될 것이다. 써머타임이 시작되거나 끝나는 날, 핸드폰에서는 23:59에서 01:00가 되거나 다시 23:00가 되는 신기한 현상을 볼 수 있다.

1 까이삐링야(마라꾸자-과일)
2 까이삐링야(레몬)
3 까이삐링야(꿀)
4 마트에서 파는 맥주들
5 아싸이
6 히우 파벨라
7 쌍파울루 파벨라

따봉 브라질

브라질 사람들이 가장 많이 쓰는 말
동시에 한국인들이 가장 많이 알고 있는 브라질 말

따봉!

'따봉'은 Está bom?에스따 봉에서 왔다. 이 말은 Are you okay? 의미로 상대방에게 안부를 물을 때 사용한다. Está bom에서 앞에 Es를 생략하고 Tá bom따봉이라 한다. 원래 대답은 '나는 괜찮다'는 의미인 Estou bom에스또우 봉 여기서 Es를 생략해 Tou bom또우 봉도 맞지만, 보통 말하는 사람에게 다시 안부를 묻기 위해 따봉이라 한다. 그렇게 "따봉"하고 말하며, 엄지손가락을 올리는 것이 브라질에선 평범한 인사다.

사실, 나는 이것도 모르고 브라질로 왔다. 브라질 사람들이 엄지손가락을 들며 따봉이라 외치는 모습이 신기해 우리나라에서 쓰는 말을 어떻게 여기서도 쓰냐고 물었다. 알고 보니, 오래전 한국의 한 음료수 회사에서 오렌지 주스 광고를 브라질에서 촬영했는데, 그때 현지인이 했던 리액션이 우리나라에 유행한 것이라고 했다.

또 브라질은 여자가 볼키스를 하는 문화가 있다. 남자끼리는 잘 하지 않고 주로 이성이나 여자끼리 인사하는 방법이다. 아주 친하면 볼에 직접 키스를 하고, 조금 친하면 볼에서 키스하는 소리만 내거나 볼만 가져다 댄다. 남자들은 보통 악수와 포옹으로 친밀감을 표현한다. 처음 보는 사이에도 친해지고 싶다는 의미로 사용하기도 한다.

브라질에 막 도착했을 때, 밝게 웃으면서 손을 벌리고 있는 학교 직원을 보았다. 어떻게 해야 할지 모르던 그때는 그냥 품에 안겼다. 원래 포옹을 하며 볼키스를 하는 것이 여성에 대한 예다. 그걸 몰랐던 나는 그 직원을 민망하게 했다. 이날 이후로 인사를 할 때 볼을 내미는 움직임이 보이면, 예의를 갖추기 위해서 바로 볼키스를 했다.

'브라질 사람만 입는 비키니가 따로 있다'는 말이 있을 정도로 브라질 비키니는 화끈하다. 수영복 뒤는 엉덩이가 거의 드러나고 앞은 중요 부위만 겨우 가릴 정도로 천이 작았다. 아이들 비키니는 보통 수영복과 비슷했지만, 청소년과 젊은 여자 그리고 성인 여자들 비키니는 티팬티 수준이다. 거리에는 수영복 차림으로 걸어 다니는 사람들이 많이 있었고, 다른 사람들도 이런 복장에 신경 쓰지 않는 브라질이었다.

따봉, 볼키스, 비키니
브라질은 이렇게나 뜨거웠다.

1. 2 남녀 간 인사
3. 4 브라질 주말 일상
5. 6. 7 학생들도 따봉
8. 9 브라질리언 수영복

브라질에서 분필을들다

간단한 회화 (쌍파울루지역 발음, 지역에 따라 차이가 크다)

·아침 인사	Bom dia [봉지아]
·점심 인사	Boa tarde [보아 따르지]
·저녁 인사	Boa noite [보아 노이찌]
·매우 반갑습니다.	Muito prazer [무이뚜 쁘라제]
·감사합니다.	Obrigado/a [오브리가두/다]
·죄송합니다/미안합니다	Desculpe/Desculpa [지스꾸피/지스꾸빠]
·미안합니다.	Perdão [빼덩]
·실례합니다.	Com licença [꽁 리쎈싸]
·이름이 무엇입니까?	Qual é seu nome? [꾸알 에 세우 노미?]
·제 이름은 태수입니다.	Meu nome é TESU. [메우 노미 에 태수]
·당신은 몇 살입니까?	Quantos anos você tem? [꽌또스 아뇨스 보세 뗑?]
·이것은 얼마입니까?	Quanto é isso? [꽌뚜 에 이쑤?]
·화장실은 어디 있습니까?	Onde fica o banheiro? [옹지 피까 오 방예이루?]
·어디 출신입니까?	Onde você é? [옹지 보쎄 에?]
·대한민국 사람입니다.	Eu sou da coréia do sul [에우 쏘우 다 꼬레이아 두 쑤우]
·건강 (건배할 때 쓰임)	Saúde [싸우지]

가깝고도 먼 나라, 브라질.

오기 전에 브라질은 쌍바와 축구의 나라라고 생각했다. 게다가 2016년에 개최한 올림픽을 보고 그 유명한 예수상이 브라질에 있는 것을 알 정도로 나는 브라질에 대해 아는 것이 없었다. TV에서 자주 보고 많이 들었던 나라였기에 그저 익숙했을 뿐이었다. 브라질을 알아보려고 검색해 본 인터넷에는 잦은 범죄에 치안이 좋지 않다는 내용이 가득했고, 많은 여행자가 강도에게 위협을 당했다는 뉴스들에 '나, 이대로 괜찮을까?' 하는 걱정이 들기 시작했다.

브라질로 떠나기 전, 배웅 나온 엄마와 동생에게 잘 다녀오겠다며 인사를 하고 공항으로 들어갔다. 겨울방학이라 그런지 떠나기 싫었던 것인지 짐 검사를 하는 시간이 길게만 느껴졌다. 게이트 앞에서 함께 가는 선생님들을 만났다. 새로운 곳으로 떠나는 선생님들 얼굴에도 긴장한 빛이 역력했다.

◆ 출발하기 전에 선생님들 & 마중 나온 엘리사

과연 브라질에서 어떤 삶이 기다리고 있을까?

설렘과 동시에 걱정되기도 했다.

우리나라 정 반대에 있는 브라질, 쌍파울루로 출발한 지 30시간이 지나서야 도착할 수 있었다. 드디어 브라질로 가는 마지막 문이 열렸다. 수많은 외국인 사이에서 손을 흔드는 사람들이 보였다. 브라질에서 잘 적응할 수 있도록 도와주는 현지 도우미와 학교 직원이었다. 플래카드까지 만들어 환영하는 모습이 아직도 생생하다.

공항 밖으로 나와 숨을 깊이 들이마셨다. 브라질에서 마시는 첫 공기에 어떤 의미 부여를 하고 싶었다. 브라질의 1월은 여름이라 공기는 뜨거웠다. 마치 사우나로 들어온 것처럼 숨이 탁하고 막혔다. '이곳이 내가 1년 동안 살아야 할 브라질이구나, 잘 부탁한다!'며, 첫 공기를 내뱉었다.

숙소로 가면서, 창밖에 풍경에 집중했다. 이때만큼은 블로그나 책을 통해서가 아니라 내가 직접 브라질을 느껴보고 싶었다. 우리나라와 같은 운전 방향, 많은 차, 넓은 고속도로가 우리나라와 크게 다르지 않은 것처럼 보이면서도 으스스한 폐건물들, 천장이 없던 집들, 곳곳에 있는 낙서들, 도로 옆에 노숙자들, 확실히 한국과는 달랐다.

'지금 나는 브라질에 있다.'

낯선 곳에서 무섭고 두려울 수 있어.
그런 감정들을 반대로 설렌다는 말이기도 해.
쫄지 말자, 그럼 할 수 있는 것을 못하니깐.

할 수 있는 것은 당연히,
해야 하는 것은 기필코,
모두 해내자.

왜냐하면, 네가 원했던 것이니깐.

브라질에서 분필을 들다

1. 2 브라질에 흔한 도로 & 거리
3 일본인 도시
4 어느 골목
5. 6 인도와 자전거 도로 & 차도

좋은 안식처 "봉헤찌로"

··

　학교로 흩어지기 전, 우리는 잠시 '봉헤찌로Bom Retiro'라는 도시에 머물렀다. 봉헤찌로는 '좋은 안식처'라는 의미인 브라질 한인 도시이다. 2017년 브라질 이민자들은 이민 역사 54년을 맞이하고 있다. 54년이라는 시간은 세대가 바뀌는 긴 시간이다. 처음 이민자들은 남다른 패션감각으로 브라질 원단으로 옷을 만들어 자리 잡았다고 한다. 그래서인지 봉헤찌로 거리에는 유독 옷 가게들이 많이 있었다. 한국어로 된 간판과 거리에 있는 한국인들에 내가 있는 곳이 정말 브라질인지 그때까진 잘 실감이 나지 않았다.

　오기 전, 브라질에 관해 안 좋은 이야기를 워낙 많이 들어서 무서웠다. 거리에서 핸드폰을 꺼내지도 못할 정도였다. 걸을 때도 되도록 빨리 걸었고, 혹시 누가 뒤에서 따라오지는 않는지 주변을 경계했다. 시간이 지나 여유가 생기고 본 거리에 사람들은 웃으면서 이야기하고 있었고, 운동하는 사람도 있었다. 이곳에도 사람들이 살고 있었다. 한국과 똑같이!

　조금씩 나는 브라질에 적응하고 있었다. '그래, 나가자마자 강도를 만난다면 여기서 사람들이 어떻게 살아?'라는 생각으로 조심하되 너무 경계하지 않기로 했다. 그리곤 혼자 걸었다. 루스Luz역 안팎에는 많은 사람이 있었다. 그 앞에 있는 골목은 무서워 들어가 보지는 못했다. 조금 더 시간이 필요했다. 골목마다 서 있는 경찰들과 하늘에 어두운 먹구름, 쓰레기들이 널브러진 정돈되지 않은 길, 어지러웠던 낙서들. 처음으로 혼자 걷던 날, 루스 공원을 한 바퀴 돌며, 나는 브라질에서 빨리 적응하려고 애썼다.

봉헤찌로에는 한식당이 많았다. 자주 오지는 못하겠지만, 적어도 음식 때문에 한국이 그립지는 않을 것 같았다. 한인 마트에서는 김치뿐만 아니라 다양한 한국 음식을 살 수 있었다. 돈가스, 족발, 막창, 각종 소스 등 스와질란드와는 비교할 수 없을 정도였다. 게다가 한인 마트에서 환전도 할 수 있었다. 원화나 달러를 네이버 환율을 적용해 헤알로 환전해 주어서 카드를 사용하는 것보다 이익이었다. 하지만 반대로 가지고 있던 헤알을 원이나 달러로 환전할 때는 비쌌기 때문에 신중해야 했다.

또 봉헤찌로에는 한인교회가 많다. 한국인 2세가 많아 한인교회에서는 포어로 예배를 드리기도 했다. 교회에서는 한국말을 못하는 사람과 관심 있는 사람에게 무료로 한국어를 가르치고, 한식까지 제공한다. 나는 주일 날 가서 예배를 드리고 한식을 먹고 보내는 시간이 비록 왕복 5시간이나 걸렸지만 피곤하지 않았다. 오히려 브라질의 삶을 더욱 풍요롭고 보람차게 보내도록 도와주었다.

한국의 그리움을 잠시나마 잊을 수 있던 곳.
봉헤찌로는 나에게도 이름 그대로 좋은 안식처가 되었다.

브라질에서 분필을 들다

1 루스 공원과 루스 역
2 봉헤찌로 거리
3 루스 지하철 안
4 봉헤찌로 다른 거리
5 브라질 오뚜기 직원
6 한인마트 오뚜기
7 소중한 라면

브라질에서 핸드폰 개통은 조금 복잡하다. 브라질에서 거주하면 CPF라는 개인 납세번호를 받을 수 있는데, 핸드폰 유심칩을 활성화하기 위해서는 이 번호가 필요하다. 한 마디로 브라질 거주민들만 통신사를 이용할 수 있었다. 핸드폰 요금제는 크게 선불제와 후불제가 있는데, 선불제 같은 경우 10헤알(약 3,600원)에 일주일 동안 500Mb를 이용할 수 있었다. 선불 요금제는 통신사가 아닌 로떼리아Loteria라는 곳에서 충전했다. 브라질 통신사는 대표적으로 Tim, Vivo, Claro 이 세 회사가 가장 유명하고 많은 사람이 사용한다. 참고로 같은 통신사끼리 전화와 문자는 무료로 이용할 수 있다.

한국과 스와질란드에 비교하면 가격이 저렴했음에도 나는 첫 달만 이용하고 그 다음 달부터는 충전하지 않았다. 브라질에서 와이파이는 흔해서 딱히 데이터를 충전하지 않더라도 어디서든 이용할 수 있기 때문이었다. 느린 속도가 아쉬웠지만. 그렇게 나는 가는 곳마다 와이파이 비밀번호를 물어보는 소위 와이파이 노예가 되어 버렸다.

집을 렌트 할 때는 전세는 없고, 월세나 매매만 할 수 있었다. 마찬가지로 CPF가 필요하다. 집 계약은 상당히 특이한데 계약기간은 최소 30개월 또는 3년이고, 그 전에 나가면 패널티를 내야 한다. 또 보통 월세 3개월에 해당하는 보증금을 내야 하고 대부분 가구가 포함되어 있어 가구 보증금까지 내야 한다. 그리고 나 같은 외국인이 월세를 계약할 때는 만약의 경우를 대비해서 보증인 세 명이 필요하다. 계약은 한국처럼 부동산을 통하는 것이 일반적이며, 부동산 중개료는 보통 첫 달 월세를 가져가거나 비싼 지역일 경우 월세에 따른 일정 비율을 따로 요구하기도 한다. 브라질의 불안한 치안 때문에 거의 모든 아파트에는 경비원이 있는데 관리비가 월세에 포함되어있는지도 확인해야 한다. 그렇지 않으면 돈을 또 내야 한다는 말에 당황할 수 있다. 싼토스 월세 시세는 모든 가구를 포함되어 있다는 조건으로 50만 원부터 시작하지만, 쌍파울루는 80만 원부터 시작할 만큼 지역에 따라 큰 차이가 있었다.

집을 구할 때 여러 집을 보다 보니, 브라질에는 구조적으로 특이한 점이 몇 가지 있었다. 집이 크던 작건 대부분 화장실은 손님용과 주인용이 따로 있었고 모든 변기 옆에는 물뿌리개가 있다는 것이었다. 이런 화장실 형태는 포르투갈 식민지 시절에서 유래되었다고 하는데, 손님용 화장실은 집에서 함께 살던 노예들 화장실로부터, 변기 옆 물뿌리개는 항상 변기를 깨끗하게 유지하려고 했던 문화에서 온 것이었다.

또 하나 특이했던 것은 세면대나 부엌에 수도꼭지가 하나라는 것이다. 다시 말해, 세수할 때나 설거지할 때 물 온도를 조절할 수 없었다. 브라질 사람들은 보통 뜨거운 물을 샤워할 때만 이용했는데, 그것도 물이 나오는 곳에 전기로 덥히는 샤워기를 연결해서 사용했다. 게다가 정수기에도 차가운 물과 미지근한 물만 있는 것을 보니 브라질 사람들은 평소에 뜨거운 물을 잘 사용하지 않는듯했다.

　그 밖에도 왜 저렇게 지었나 할 정도로 신기한 모습의 건물들, 꼭 있었던 베란다, 24시간 지키고 있는 경비원들, 몇 개의 문을 열어야 안으로 들어갈 수 있는 보안 시스템, 1층마다 있는 호텔 로비 같은 공간, 상대적으로 작았던 거실, 신발 신고 생활하는 모습들을 통해 브라질의 주거 문화를 느낄 수 있었다.

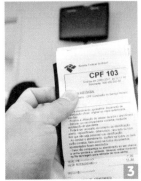

1, 2 롯데리아 & 월말에 기다리는 사람들
3 CPF접수
4 세면대
5, 6, 7 우리 집 1번 2번 화장실 & 전기 샤워기

브라질 마트

······················

브라질에는 큰 쇼핑센터와 마트는 많이 있었지만, 24시간 하는 편의점은 없었다.

불안한 치안에 밤이 되면, 사람들은 밖으로 안 나오려고 했고, 파티도 집에서만 했기 때문에 밤거리는 조용했다. 대부분의 마트와 쇼핑센터는 11시가 되면 모두 문을 닫았다. 또 쇼핑센터에는 아이들이 놀 수 있는 공간이 따로 있다. 덕분에 사람들은 아이들을 맡기고 편하게 쇼핑했다. 쌍파울루에는 쇼핑센터 여러 개가 붙어 있을 정도로 많이 있었다.

브라질에 대표적인 마트는 빵지아쑤까Pão de açuca, 지아Dia, 까흐푸Carrepour가 있다. 웬만한 식료품과 생활용품까지 살 수 있다. 어머니날이나 아버지날 같은 특별한 날에는 꽃도 팔고 화이트데이에는 사탕 장식과 크리스마스에는 트리 장식까지 신경 쓴다.

나는 집 옆에 있는 까흐푸 마트에 자주 갔다. 그런데 어느 날 걸어서 10초 떨어진 거리에 지아 마트가 생겼다. 마찬가지로 바로 옆에 붙어있는 쇼핑센터들을 보며, 브라질에는 동종업계들에 관련한 법적 규제는 없는 것 같았다.

까흐푸 캐셔들은 자기 돈을 가지고 다닌다. 교대할 때 자기 돈을 넣고 근무가 끝나고는 다시 가져간다. 이 시간이 조금 오래 걸려서 내 앞에서 교대하면 한숨이 나온다. "나까지만 하고 교대하지!" 하며, 투덜거리지만 기다릴 수밖에 없었다.

매일 마트에 가다 보니 어느새 나는 단골이 되어 있었다. 나만 보면 "쏘 브레꼬쟈치킨허벅다리" 하고 말하는 고기 파트 아저씨, "뚜두 뱅?좋아" 하고 말하는 생선 파트 아저씨, "쁘로바시식하세요" 하고 말하는 빵 파트 아주머니, "폴리시아?세금계산서" 하고 묻는 캐셔들. 그때는 귀찮아 건성건성 대답했는데, 한국에 돌아와 빠른 문화 속에서 지내다 보니 여유롭게 느렸던 사람들이 그리웠다.

다시 가도 불평하고 재촉하겠지만…

1 쇼핑센터
2 놀이시설
3 푸드 코트
4 마트 계산대
5 주인을 기다리는 강아지
6 마트에서 파는 핸드폰
7 롤러스케이트를 타는 직원들
8 특별한 날
9 특이한 놀이시설

브라질에서 분필을 들다

싼토스를 소개합니다!

....

축구 아니면 커피

인터넷에 싼토스Santos를 검색하면 도시에 대한 정보보다 축구에 관한 것
이나 커피 원두가 먼저 나올 정도로 유명하지 않은 남미의 최고 항구 도시
싼토스다. 이곳은 앞으로 1년 동안 나와 오쌤이 지낼 곳이기도 했다. 부자
들의 휴양 도시라 물가도 비싸고 범죄도 빈번하게 발생한다는 말에 걱정이
되었다.

싼토스에는 7개의 수로가 있다. 이 수로들은 우기 때 도시의 물 조절을
하고, 사람들은 거리를 말하는 기준으로 사용한다. 약 8km 정도 긴 곡선
을 그리는 넓은 해변은 싼토스의 트레이드 마크다. 해변에는 언제나 포장
마차가 있고 앉아서 쉴 수 있는 파라솔과 해변 의자가 준비되어 있다. 그곳
에서 사람들은 맥주나 전통술 카이삐링야Caipirinha와 국민 간식 빠스테우Pastel
를 먹으며 시간을 보내곤 했다.

특정 요일에 싼토스 시내 곳곳에는 '페이라Feira'라는 장도 열린다. 페이라

1 싼토스 중심
2 싼토스 파벨라

브라질에서 분필을들다

에선 마트에서 파는 것들을 더욱 저렴하게 살 수 있다. 한국의 재래시장처럼 이곳에도 브라질 사람들의 따뜻한 정을 느낄 수 있었다. 주말 해변에는 먹을 것과 기념품을 살 수 있는 장도 열렸다.

해 질 녘, 싼토스 해변은 다양한 모습으로 변한다. 사람들은 삼삼오오 모여 바닥에 선을 긋고 자전거로 골대를 만들어 축구를 한다. 그뿐만 아니라 족구, 배구, 줄타기, 순환운동, 마라톤 등 해변은 운동장으로 변한다. 또 해변 벤치는 아주 좋은 데이트 코스가 되기도 한다. 나이, 피부색, 출신 지역과 상관없이 해변의 커플들은 입을 맞추며 사랑을 표현한다. 또 그런 커플들을 주변 사람들은 아름다운 시선으로 바라본다. 한국이었다면 낯뜨겁다고 길거리에서 뭐하는 짓이냐며 손가락질하거나 경찰에 신고까지 했을 텐데 다른 사람의 시선과는 상관없이 브라질 사람들은 자유롭게 사랑을 표현하고 있었다. 이렇게 사람들은 각자의 취향대로 해변을 즐겼다.

해변과 떨어져 있는 도시 중심에는 가난한 사람들이 모여 사는 파벨라가 있다. 싼토스에 사는 친구들이 그곳은 위험해서 되도록 가지 말라고 했다. 브라질 어디에나 빈부격차가 분명하게 드러난다고 하는데, 여기도 마찬가지였다. 멋진 아파트 빌딩 뒤에는 파벨라가 있었고, 거리에 정장 입고 다니는 사람들 사이로 아무거나 덮고 자는 노숙자들이 많았다. 신호등 앞에는 멈춰 있는 차들 앞에서 묘기를 보이고 돈을 받는 사람들도 많이 있었다.

싼토스는 쌍파울루에 사는 사람들이 바다가 보고 싶을 때 자주 오는 곳이지만, 배낭 여행자들에게는 그리 유명하지 않은 도시다. 그렇기에 꾸미지 않은 사람들, 있는 그대로의 브라질을 느낄 수 있었다. 브라질의 많은 지역은 위험하고 무서웠지만, 싼토스는 밤에도 그럭저럭 다니기에 괜찮았다. 자연스러운 사람들도 보고, 밤에 운동도 하고, 많은 친구를 사귀고, 이렇게 여유가 넘치는 싼토스에서 살았던 것은 나에겐 커다란 축복이었다. 언젠가 브라질에 또 온다면, 꼭 싼토스로 와서 여유를 즐기고 싶다.

브라질에서 분필을 들다

1, 2 싼토스 평소 거리
3, 4, 5 페이라feira
6, 7 싼토스 해변
8, 9, 10 해변에서 바라본 도시 & 해변을 즐기는 사람들

봉혜찌로에서 머물고 며칠 후, 싼토스로 왔다.

오기 전, 인터넷으로 찾아본 학교는 높고 멋진 건물이라 기대가 되었다. 도착하고 보니 컴퓨터를 통해 본 것과 똑같아 마치 예전부터 알고 지낸 느낌이었다. 학교 직원이 나와 우리가 잠시 머물 곳으로 안내했다. 그곳은 다른 지역에서 출퇴근하는 선생님들을 위한 관사였다. 나와 오쌤은 집을 구할 때까지 학교 관사에서 지내게 되었다. 참고로 오쌤은 나와 같은 학교에 파견된 수학 선생님이다. 내가 힘들 때, 옆에서 힘이 되어 준 고마운 친구이기도 하다.

관사는 마치 여행객들을 위한 도미토리 같았다. 방 2개, 침대 6개, 화장실 2개였다. 손님용 화장실은 용변만 해결해야 할 정도로 작았다. 그리고 전기로 물을 덥히는 샤워기, 거실에는 소파와 침대, 최대 속도 1mb 정도 나오는 와이파이, 가스통을 사용하는 가스레인지. 모든 것이 낯선 이곳에서 잠시동안 오쌤과 동거가 시작됐다.

싼토스에 오고 두 달이 지나서야 나와 오쌤은 집을 정할 수 있었다. 그리고 계약하는 날, 내가 가기로 한 집에서 기간이 너무 짧다며 갑자기 계약을 취소했다. 오쌤은 다른 집으로 이사했지만, 나는 집을 다시 알아봐야 했다. 그러나 다시 알아본 집들도 같은 이유로 계약을 원하지 않았다. 문득, 싼토스에 도착했을 때 오쌤과 나눴던 대화가 생각났다.

"나는 집값을 아낄 수 있다면, 여기서 살아도 괜찮을 거 같은데?"
"나는 혼자 살고 싶어서 다른 곳으로 갈 거야!"
"그럼 나는 여기서 살고 너는 다른 곳에서 살면 되겠네?"

하며, 우스갯소리로 했던 말들이 정말 현실이 되니 웃어야 할지, 말아야 할지 몰랐다. 결국 나는 관사에서 다른 선생님들과 오쌤은 학교 근처에서 혼자 살게 되었다. 다른 문화 속에서 살아온 사람들과 지내며 불편한 점이 한둘이 아니었지만, 브라질에서 집값을 아끼고 원하는 곳에 투자할 거로 생각하며 참아보기로 했다.

1 우리 집 번지
2 우리 집 거실
3 우리 집 부엌
4 문 앞에 붙어 있던 안내문(다른 선생님들은 이용하지 말라는 내용)

화났던 날들

. . . .

브라질에서 살면서 모든 날 웃지는 않았다.
어느 날은 짜증도 내고 다른 날은 화도 냈다.
하지만 그 모든 날이 좋았다.

그놈에 뚜두 벵

'뚜두 벵Tudo bem?'은 'Is everything alright?' 라는 의미로 대표적인 브라질
에서 하는 안부 인사다. 집을 구할 때 이 '뚜두 벵'이라는 인사말에 화가 난
적이 있다. 학교 관계자(브라질사람)가 보내준 집 목록 중에서 고르고 방문
하기로 했다. 그런데 관계자는 몇 번이나 우리가 선택한 곳이 아닌 다른 곳
을 보여주며 헛걸음하게 하였다. 그렇게 봤던 곳은 위치도 멀고 비싼 가격
에 군이 선택할 이유는 없었다. 이런 상황이 반복되고 리스트에서 골랐던
집들을 다 보지 못해 어디 살지를 결정하지 못하던 어느 날, 현지 도우미
(한국사람)에게 전화가 걸려 왔다.

개학 날이 가까워지면서 학교는 다른 선생님들이 머물 곳이 필요했다.
우리가 빨리 집을 구해서 나갔으면 좋겠는데 관사에서 나가기 싫어 보는
집마다 일부러 거절하는 것 같다고 현지 도우미는 이야기했다. 듣자마자

"어? 뭐지?" 하며, 어이가 없었다. 그리고 다시 만난 학교 관계자는 아무 일도 없는 것처럼 웃으며 "뚜두 뱅?" 하고 인사했다. 마치 정형화된 영어회화의 '아임 파인 땡큐'처럼 "뚜두 뱅" 하고 대답했지만, 나는 결코 '뚜두 뱅' 하지 않았다.

학교 관계자는 앞에서는 '뚜두 뱅'하고, 뒤에서는 안 좋게 이야기하고 있었다. 집을 빨리 나가야 하는 상황이었다면, 솔직하게 이야기하거나 일 처리를 빠르게 했다면 좋았을 텐데, 우리 앞에서는 괜찮다고 하고 다른 곳을 보여주면서 우리 뒤에서는 나가지 않는다며 안 좋게 말하고 우리 탓을 하는 것에 화가 났다.

참고로 남미 사람들은 보통 다른 사람들 앞에서 싫은 소리를 안 하는 문화라고 한다. 웬만한 것들은 참고 상대방이 알 때까지 기다린다고 하는데 이런 점이 나는 이해가 되지 않았다. 남미 친구들은 흔히 있는 일이라며, 오히려 외국인인 나에게 더 예의를 갖춘 행동이라고 이야기했다. 하지만 여전히 이해하기는 힘들었다.

음식 사건

두 번째 화가 났던 사건이다. 학교 관사에는 여러 학교 선생님이 오갔고 나는 누군가와 같이 자는 날도, 혼자 자는 날도 있었다. 보통은 월, 화요일과 목요일에 다른 선생님과 함께 생활했다. 최대한 피해를 안 주려고 신경 쓰는데도 어쩔 수 없는 것들이 있었다. 음식을 만드는데 나는 소리나 냄새라든지, 씻고 바닥에 떨어진 물이라든지, 또 거실에 있는 내 물건들도 분명 거슬렸을 것이다.

두 주일 동안 집을 비운 적이 있었다. 집을 떠나기 전에 냉장고 안에 음식들이 괜히 신경 쓰였지만, 그냥 나갔다. '왜 이런 이상한 예감은 빗나가질 않는지!' 돌아와서 냉장고를 열어보니 김치는 사라져 있었다. '김치가 얼마나 비싸고 소중한 음식인데…' 하며 아까워했지만, 그때는 그냥 넘어갔다. 그리고 다시 일주일간 집을 비우게 되었다. 월요일 오후에 집에 와서 냉장고가 열어보니 이번엔 아무것도 없었다. "안돼!!!" 하며, 열어 본 쓰레기통에 다행인지 불행인지 음식들이 있었다.

쌈장, 된장, 고추장, 돈가스, 떡, 우유, 달걀, 라면 스프, 버터, 요플레. 그리고 각종 채소. 아직도 기억한다. 봉혜찌로에서 팔긴 하지만, 멀고 비싸고 다시 사기엔 힘든 음식들, 특히 해외 생활에선 소중한 음식들이었다. 청소부들은 11시 정도에 오는데 쓰레기통이 그대로인 것을 보니 월, 화요일에 오는 선생님이 버린 것이 확실했다. 지난번에 김치도 생각나고 화가 폭발했다. 그 선생님이 오기를 기다렸다. 하지만 내가 잘 때까지도 그 선생님은 오지 않았다. 지금 생각해 보면 그 날 마주치지 않은 것이 천만다행이었다. 분명 대판 싸웠을 것이다.

시간이 지나면서 흥분했던 마음은 조금씩 가라앉았다. 왠지 화를 내면 해결은 안 되고 더 불편해질 것 같아, 어떻게 이야기하는 게 효과적일지 고민했다.

여행하다 보면 다양한 나라 사람들을 만난다. 생각해보니 여행자들은 심하게 장난을 쳐도 싸우지는 않았다. 그들은 어떻게 소통했던 것일까? 문득 호주에 있을 때가 생각났다. 밥을 먹고 설거지를 깜빡했는데, 당시 함께 살던 브라질리안은 'Thanks bro'라고 쪽지를 남겼다. 그것을 보고 비꼬는 것 같아 불같이 화를 냈었다. 시간이 흘러 그랬던 나 자신이 부끄럽고 후회스러웠다.

'그래! 이번에는 신사적으로 해보자. 웃으면서 말해야지!' 하고 마음먹었다. 다음 날 점심때가 지나고 그가 왔다.

"(아무것도 모르는 척) 선생님이 이거 버렸어요?"

"(조금 흥분한 듯) 네"

'어떻게 말할까'를 고민하느라 잠시 정적이 흘렀다. 선생님은 냉장고에서 냄새가 나서 치웠다고 하는데 그 안에는 딱히 냄새날만한 것이 없었다. 더 이야기하면 싸울 것 같아, "(사정하며) 제 물건 건들지 말아 주세요, 제발"하고 억지로 웃었다. 그는 냄새나지 않는 케이스를 사용하라는 말과 함께 집을 나갔다.

그 날 밤, 선생님은 "쏘리" 하며 손을 내밀었다.

용기 내준 선생님에게 감사했고 우리는 화해의 악수를 할 수 있었다. 잘 해결된 것 같아서 기분이 좋았다. 할 말은 해야 하는 성격이라 다른 사람들과 충돌도 잦았는데, 꼭 강하게 이야기하지 않아도 해결할 수 있다는 것을 깨달았다. 또 화났을 때 어떻게 표현하는 게 나은지 배우는 시간이기도 했다. 할 말은 해야 했던 지난날, 후련한 마음은 잠깐이었고, 그 사람과 불편한 관계는 길었다. 그렇게 시간이 더 지나면 후련했던 마음도 잊어버려 결국은 불편한 감정만 남게 되었다. 그러나 앞으로는 다를 것이다.

이렇게 다른 문화 속에서 생겼던 충돌들은 나를 더 성장시켜 주었다. 또한, 다양한 문화권의 사람들을 이해하도록 도와주었고 가르쳐 주었다. 서로 불편해지지 않고 좋게 해결되니, 짜증 나고 화가 났던 마음은 잠깐이었고 편안한 마음은 길었다.

하루가 반복된다는 건,
내일을 예상할 수 있다는 것.

내일 할 것을 안다는 건,
지금 무엇을 해야 할지를 아는 것.

　학교 다음으로 가장 자주 갔던 곳은 해변에 있는 만화방이다. 유명한 드래곤볼과 원피스부터 다양한 만화책들이 있어 사람들이 자주 오던 곳이기도 하다. 해변에는 만화방과 도서관, 영화관 등 다양한 문화시설들이 있는데 나는 가장 가까운 곳에 있는 만화방으로 자주 갔다. 그곳은 넓은 책상과 조용한 분위기에 혼자 공부하기에 좋았다. 평소 학교가 끝나면 그곳에서 포르투갈어를 공부하거나 수업을 준비하며 보냈다.

　저녁 먹기 전에는 운동하러 해변으로 갔다. 두 번째 수로까지 달리고 오면 어느 정도 숨이 차니 적당하게 운동이 됐다. 세 번째 수로 옆에는 철봉이 있는데 많은 사람이 운동하러 왔다. 브라질에서 철봉운동은 인기가 있었고, 큰 대회도 자주 있었다. 쌍파울루주 챔피언도 이곳에서 운동했다.

그 친구는 철봉 위에서 물구나무를 서거나 아무것도 없는데 무언가 밟고 올라가는 동작을 하며 운동했다. 멋있어 보여 따라 하고 싶었지만 그렇게 하려면 엄청난 체력과 힘 그리고 균형감각이 있어야만 가능했다. 그 친구가 많이 가르쳐줬는데도 내 몸은 따라주지 않아 슬펐다. 그나마 철봉에서 한 발을 접었다 피며 균형을 유지하는 것으로 만족하기로 했다.

하루는 학교, 만화방, 해변. 이 세 곳을 다녀오면 저녁 먹을 시간이 되었다. 운동을 하고 먹는 저녁은 건강해지는 느낌이다. 다양한 음식을 만들어 먹다 보니, 요리 실력도 많이 늘었다. 설거지 후에는 수업준비를 하거나 영화나 드라마를 보면, 어느덧 잘 시간이 되었다. 이렇게 보통 날이 지나갔다.

생활이 반복되면 익숙해진다. 한국과 12시간 시차가 나는 정반대 나라, 문화가 다른 곳에서 나는 조금씩 적응하고 있었다. 외국이라고 해서 늘 화려한 곳에서, 유쾌한 사람들과 함께 사진을 찍을 수는 없다. 피곤하면 자고, 배고프면 먹고, 파티가 있으면 갔다. 또 수업이 있는 날은 수업을 준비하고, 운동도 하고, 여유를 즐기러 해변에 나가고, 음식이 떨어지면 마트에 가고, 한식이 먹고 싶으면 봉헤찌로로 가고, 방학 때는 가고 싶었던 곳으로 여행 가곤 했다. 브라질에서 삶의 모습도 지금까지 내가 살았던 모습과 크게 다르지 않았고, 브라질 사람들도 어디서나 보던 사람들과 비슷했다.

단 하나 달랐던 것은 브라질 사람들이 가지고 있는 여유였다. 그들은 무언가에 쫓기지 않는 듯했다. 버스에 느리게 올라오는 사람들, 빠르게 바뀌는 신호등에도, 거스름돈을 천천히 줘도, 물건을 놓고 잠깐 기다리라고 하는 손님들도, 은행에서 줄이 길어도 브라질 사람들은 모두 "뚜두 뱅" 하며 기다렸다. 충분히 짜증 낼 수 있는 상황인데도 그리고 나였다면 벌써 화냈을 텐데, 그들은 달랐다. 브라질 사람들은 없으면 없는 대로, 있으면 있는 대로 그 상황을 그대로 인정하고 즐기고 있었다.

어느 하루,

딱히 의미 있게 보내려 하지 않아도,

이미 그 하루는 충분했다.

1 몸 자랑
2. 3 늘 분주했던 철봉 & 운동 멤버
4 팔굽혀펴기 대결
5 자주 가던 만화방
6. 7 만화방에 있던 책 & 독서 하는 아이들

'갈까? 말까?'

　어느 한적한 오후, 침대에 누워서 고민했다. 브라질에 오기 전, 핸드폰 어플로 싼토스에 살고 있는 브라질 친구를 알게 됐다. 그 친구 이름은 쁘리실라Pricila, 줄여서 쁘리라고 했다. 브라질 오기 전에 궁금한 게 많았던 나는 쁘리에게 집세와 치안 등 여러 가지를 물었다. 많은 질문에도 쁘리는 친절히 대답해주었다. 처음 쁘리와 만났을 때 외국인이라 활발하고 붙임성이 좋을 거라는 내 예상과 달리 수줍어했고 부끄러워했다. 그때 친해지고 싶어 혹시 파티가 있다면 초대해달라고 말했다.

　그리고 며칠 후, 정말 쁘리는 자기 친구가 여는 베이비 샤워Baby shower 파티에 초대했다. 하지만 그때는 모처럼 맞이한 휴일이라 집에서 쉬던 중이었다. '쉬느냐, 마느냐'를 심각하게 고민하다가 '언제 브라질 파티에 가보겠어?' 하고 집을 나섰다.

　초대받은 파티에는 간단한 선물을 준비하는 것이 기본 매너라고 어느 책에서 보았다. 베이비 샤워 파티는 엄마와 아기가 건강하게 출산하고 태어

나라는 의미였다. 태어날 아기를 위해 선물로 기저귀를 한 손에 들고 친구 집으로 향했다. 시내 중심에 있던 집은 파벨라 근처라 걱정되었지만, 쁘리가 마중 나온다고 해서 안심이 되었다. 좁은 계단을 올라가니 신나는 음악이 들렸고 분홍 풍선들이 보였다. 먼저 온 몇몇 친구들은 벌써 취해 있었다. 오늘의 주인공과 볼키스하고 분위기를 살폈다. 외국인이 이런 파티에 온 것이 신기한지 힐끗거리는 시선과 눈이 마주쳤다.

앞마당은 아이 선물을 놓는 곳과 출산을 기념하는 포토 존, 사람들이 이야기할 수 있는 테이블로 꾸며져 있었다. 다른 테이블에는 직접 만든 수제 음식이 가득했다. 맥주를 좋아하는 브라질리안답게 커다란 얼음 통에 맥주 수십 개가 계속해서 채워졌다. 다른 쪽에서는 위스키와 까이삐링야도 보였다. 평범한 가정집은 동네에서 가장 유명한 바Bar로 변해있었다. 이렇게 준비하는 데도 만만치 않았을 텐데, 아이와 친구들에 대한 마음보다 파티에 대한 열정이 더 뜨거운 것은 아닌지 의심스러웠다.

파티 주인공은 쁘리와 어릴 때부터 알고 지내던 친구다. 쁘리는 우리를 깜짝 등장시키려고 했던 것 같다. 친구에 대한 우정이 느껴져 더 반갑게 인사하고 신나게 즐겼다. 옥상에선 싼토스 시내가 보였다. 높은 빌딩에 깔끔해 보이는 시내를 보며 문득 '여기 사는 사람들도 저기로 가고 싶어 할까?' 하고 궁금해졌다. 그러나 파티에 있던 사람들 얼굴에는 행복이 가득해 보였다. 해변에서도, 파벨라에 가까운 곳에도 같은 파티가 열렸고 같은 행복이 있었다.

한 친구가 브라질에서 제일 유명하다며 마셔보라고 음료수를 건넸다. 한입에 털어 넣은 음료수는 독한 술, 카샤사였다. 마시고 난 내 표정을 보고 웃음바다가 됐던 순간, 카드게임을 방해했던 순간, 공을 뺏으려고 안간힘을 썼던 아이, 립스틱을 발라 달라던 아이, 파티에 있던 순간들 모두 생각하면 웃음이 지어지는 추억이 되었다. 어느새, 해는 저물고 거리에 가로등이 켜졌다. 파티는 점점 조용해졌다. 처음에는 덥고 어색해서 빨리 가고 싶었는데, 함께 이야기하고 웃다 보니 집에 가고 싶지 않을 만큼 가까워져 있었다.

헤어질 때 아쉬운 느낌이 든다는 것은 파티를 잘 즐겼다는 의미다. 그래서인지 집에 가는 발걸음은 가벼웠고 뿌듯했다.

모두들! 어색했던 시간까지도
소중한 추억으로 만들어줘서 고마워!

브라질에서 분필을 들다

1 베이비 샤워 파티 포토 존
2, 3 파티에 많은 사람들
4 립스틱을 발라 달라던 아이
5 파티로 가는 길
6 멀리 보이는 싼토스 시내

집 초대를 받았다. 사실은 다음 날 쌍파울루에서 워크숍이 있었고 자기 집에서 자고 같이 가자고 한 것이었지만, 내 마음대로 초대받았다고 생각했다. 이번에도 집 초대 매너를 지키려고 선물로 와인 한 병을 준비했다. 지키면 좋은 매너가 또 있는데 그것은 약속한 시간보다 조금 늦게 가는 것이다. 집주인이 더 편하게 준비하도록 하기 위해서라고 한다. 브라질 사람들은 이 시간을 상대방을 배려하는 시간, 브라질리안 타임이라고 했다.

나를 초대해 준 선생님 이름은 호벨류 Robeiro, 같은 화학 선생님이다. 오래된 경력으로 학교에서 과학 부장님이다. 늦은 시간에 집에 도착했는데도 호벨류 아내와 자녀들이 반갑게 맞이해 주었다. 저녁으로 준비한 피자는 예정보다 늦게 도착해 식어 있었다. 그것 때문에 미안해하는데 괜히 내가 더 미안하고 신경 써주는 마음에 감사했다. 또 비싸지 않은 와인에도 민망할 정도로 좋아해 주었다. 그 날 저녁은 피자와 와인 때문이 아닌 나를 배려해 주는 마음에 따뜻했고 충분히 배불렀다.

아들 빼드루 Pedro 는 중2다. 빼드루는 과학과 철학에 대해 관심이 많았다.

호벨류는 뻬드루의 표정을 보고 뒤에서 웃고 있었다. 우리가 어떤 대화를 하는지 아는 것 같았다. 뻬드루는 인간과 과학기술 그리고 필요성에 관한 질문을 했는데 솔직히 대답하느라 힘들었다. 아빠 호벨류는 아들과 매일 이 같은 대화를 한다며 힘들다고 했다. 뻬드루는 왜 공부해야 하는지, 왜 살아야 하는지 고민하고 있었다. 그렇게 자신의 정체성을 확립해 가는 듯 했다. 브라질 사람 대부분은 영어를 잘하지 못한다. 그러나 호벨류 가족들은 영어로 대화를 나누는 것으로 보아 어느 정도 교육을 받았다고 할 수 있었다. 호벨류는 자동차가 2개 있고, 이층집에 살았는데 이런 모습이 브라질 중산층의 전형적인 모습이라고 했다.

방에서 자라고 하는 말에 부담스러워 나는 거실 쇼파에서 자기로 했다. 나를 최대한 편하게 해주려는 마음에 감사했지만, 아무래도 부담스러웠다. 아침이 되자, 호벨류는 조용하게 내 이름을 부르며 깨웠다. 브라질에서 아침은 주로 빵을 먹는데 식탁 위에는 다양한 빵들, 햄과 치즈, 그리고 커피, 주스뿐만 아니라 과일까지 준비되어 있었다. 호벨류는 평소 아침에도 이렇게 먹는다고 했지만, 나에겐 진수성찬이었다. 나를 위해 준비해준 음식들, 베풀어주고 또 배려해주어서 마음마저 따뜻해지던 날이었다.

따뜻한 마음이 느껴지면 이렇다.

얼굴에 웃음이 끊이지 않는다.

이날 나는 계속 웃고 있었다.

1 호벨류 가족과 저녁 식사
2 빼드루와 즐거운 시간
3 딸의 옷을 꾸미는 호벨류
4 풍요로운 아침 식사

브라질 커피
....

브라질에서 커피가 없는 삶은 상상할 수 없다.

브라질 사람들에게 커피는 마치 물과 같다. 물이 있는 곳 옆에는 언제나 커피도 있었다. 우리 학교 모든 사무실과 심지어 상담을 기다리는 대기실까지도 커피가 있었다. 커다란 보온 통에 보관하는 커피는 하루에 두세 번을 다시 채워야 할 정도로 인기가 많다. 굳이 그 맛을 비교하자면 한국에 에스프레소보다는 연하고 아메리카노보다는 진하다. 커피를 잘 알지 못하지만, 언제부턴가 커피를 안 마시면 허전할 정도로 자주 먹었다.

보온통 옆에는 항상 설탕과 시럽, 크고 작은 일회용 플라스틱 컵이 있었다. 환경오염에 대해 심각하게 생각하지 않는 것 같아 아쉬운 생각이 들었지만, 내가 어떻게 할 수는 없었다. 정확히는 이곳 사람들도 신경 쓰지 않는데 유난 떨고 싶지 않았다. 그렇게 나도 브라질 사람들과 똑같은 방법으로 커피를 즐기게 되었다.

한 번은 커피에 물을 더 따랐다. 그것을 본 선생님 마치 역겨운 것을 본 듯한 표정을 지으며 어떻게 마시느냐고 했다. "어떻게 마시긴요, 호로록 마시지요" 하고 마시니, 자기는 물을 타 먹지 않는다고 했다. 그렇다. 이곳 사람들은 커피에 물이 아닌 설탕과 시럽을 넣어 달게 먹었다. 그러던 어느 날, 만화방에서 공부할 때였다. 공부하는 내가 피곤해 보였는지 아니면 커피가 많이 남았는지 관리자가 커피를 타주었다. 이날은 처음으로 브라질 스타일로 커피를 마신 날이었다. 고맙다고 하고, 한 모금을 마셨는데, 달짝지근하고 진한 커피가 아주 맛있어서 놀랐다. 나도 모르게 또 달라고 할 뻔했다. 그 날 이후로 나는 커피에 물 대신 시럽과 설탕을 넣었다. 한국에서 친구가 아메리카노에 시럽을 넣는 거 보고 뭐라고 했던 게 나였는데, 나도 그 친구처럼 먹고 있었다. 한동안 시럽 없이는 커피를 못 마실 거 같다.

"미안했어, 이렇게 맛있는 걸 이제 알았네"

브라질에서 분필을 들다

1. 2 어디에나 있던 커피
3 ~ 6 각종 커피들

2017년 2월 말.

브라질의 대표적인 축제, 세계 3대 축제로 뽑히는 '까나바우Canaval(카니발)'
가 시작되었다. 카나바우의 의미는 부활절에 기뻐하고 춤추며, 40일 동안
금식하기 전에 영양을 보충하는 행사라고 한다. 이 행사의 처음 모습은 거
리에서 지역 사람들과 함께 음식을 먹는 것으로 시작해 현재는 거리를 춤
추며 행진하는 축제가 되었다고 한다.

브라질 공휴일인 까나바우 기간은 모든 지역이 축제의 장으로 변한다.
대표적으로 히우지자네이루, 싸우바도르, 헤시피, 쌍파울루에서 크게 열리
며, 이 중에서도 히우에서 열리는 축제가 가장 유명하다고 한다. 히우에는
200개가 넘는 쌍바 스쿨이 있고, 많은 팀이 1년간 준비한 퍼레이드를 쌍바
드로무에서 뽐낸다. 한 팀에는 4~5천 명의 사람들이 있으며, 약 1시간~1
시간 30분 동안 행진하니 규모는 상당하다. 보통 하루에 6팀이 공연하고,
저녁 10시 정도에 시작해서 다음 날 아침 6시면 끝이 난다. 이들은 밤새
춤추고 노래를 불렀다.

브라질에서 분필을 들다

까나바우를 보고 네 번 놀랐다. 첫 번째는 수천 명이나 되는 사람들이 같은 노래에 맞춰서 춤을 추고 열 개가 넘는 대형 트럭들과 함께 등장하는 그 규모에서, 그다음으로는 모든 참가팀끼리 겹치지 않는 개성 강한 그 표현에서 그리고 쌍바에 대한 열정만 있다면 남녀노소 누구나 춤출 수 있는 그 참가 문턱에서, 마지막으로 90분 동안 반복되는 한 곡에 지치지 않고 목청껏 따라 부르며 환호하는 그 관객들에 있어서다.

사실, 나는 공연 보는 것을 별로 좋아하지 않았고, 놀이공원 퍼레이드와 비슷할 거라는 생각에 지나치려 했던 공연이다. 하지만 직접 눈으로 보지 않았다면, 평생을 후회할 뻔했다. 전 세계 사람들이 왜 까나바우를 보려고 브라질까지 오는지 직접 보고 나서야 알게 되었다.

1 ~ **6** 까나바우 축제

브라질에서 분필을 들다

축제 기간에는 지하철이 24시간 운행되고 거리에 경찰들과 많은 관광객이 있어 새벽에도 비교적 안전하게 다닐 수 있었다. 거리 곳곳에 음악과 맥주가 있는 곳은 바로 클럽이 되었다. 걸어갈 수 없을 정도로 많은 사람이 길에서 춤을 추며 자신들만의 축제를 즐겼다.

이날, 곳곳에서 울려 퍼지는 환호성이
브라질을 가득 메웠다.

알아두면 좋은 TIP

1 쌍바드로무 티켓은 현장 구매를 해도 된다.

2 인터넷에서 사는 티켓은 비싸지만, 그만한 가치가 있다.

3 총 14개의 섹터가 있으며 쌍바드로무의 입구는 2, 3 섹터부터다.

4 보트 투어 할 때는 '까이삐링야'가 무한으로 제공된다.
　(1섹터와 HC섹터는 입구 들어오기 전에 있다.)

5 차들은 12섹터 쪽으로 사람들은 13섹터 쪽으로 빠진다.

6 12, 13섹터에서는 퍼레이드가 시작하고 20분 정도가 지나야 볼 수 있다.
　(경기장이 길어서 이동시간이 필요.)

7 유명한 팀이 나오는 날에는 표 가격은 비싸다.

8 음식을 미리 준비해 오는 것이 편하다.

9 안내서에는 공연 팀에 대한 소개와 노래 가사가 나온다.

10 지하철 표를 한꺼번에 사서 움직이는 것이 편하다.

1 쌍바드로무 입장권
2 쌍바드로무 안내도
3 정리하는 사람들
4, 5 까나바우 기간 길거리
6, 7 준비하는 도로

브라질 신분증 드디어 받다!

브라질에 도착하고 약 7개월이 지나서야 신분증을 받을 수 있었다. 오랜 시간 기다리며 브라질 특유의 느린 문화를 실감했다. 한국에서 비자를 받고 왔음에도 불구하고 더 많은 서류가 있어야 하는 것이 이해되진 않았지만, 브라질에서 살기 위해선 그들의 규칙을 따라야만 했다.

싼토스 연방경찰서로 가서 한국에서 받아 온 비자와 여권 모든 면의 복사본과 그것들의 공증까지 받고 지장까지 찍었다. 힘들게 모든 서류를 준비하고 은행에 10만 원이 넘는 돈을 내고 나서야 접수 신청을 할 수 있었다. 이 모든 과정이 3달이나 걸렸는데도, 받은 접수 날은 한 달 뒤였다. 그리고 다시 간 연방경찰서에선 3달 뒤에 신분증이 나온다고 했다. '1년만 지내는 신분증이 이렇게나 오래 걸리면 안 받는 것이 편하지 않을까?' 라고 생각했지만, "뚜두 뱅?" 하는 직원에 "뚜두 뱅!" 하며, 고개를 끄덕일 수밖에 없었다.

나딸리아Nathalia, 싼토스에서 지내는 동안, 나를 가장 많이 도와준 사람이다. 나딸리아는 학교 이사장의 둘째 딸로 학교 스케줄을 담당했다. 올해는 나와 오쌤이 학교에서 잘 적응하도록 돕는 일까지 맡게 되었다. 나딸리아는 꼼꼼하고 차분한 성격이다. 포어도 브라질 절차도 모르는 나를 데리고 신분증을 신청하러 다녔다. 그러다 내가 실수로 사진을 가져오지 않아, 다시 예약을 잡고 와야 했다. 이런 상황을 직원이 설명하는데, 그 침착하던 나딸리아가 "노노노노" 하며 소리쳤고, 그런 나딸리아를 보며 나도 당황했다. 안 그럴 거 같은 사람이 당황하니 마치 눈앞에서 콩트를 보는 것처럼 재미있었다. 근처에 사진관이 있어 다행히 접수할 수 있었지만, 생각하면 웃음이 나왔다. 그 날 이후로 나딸리아를 만날 때마다 다시 접수하는 게 그렇게 귀찮았냐며 놀리곤 했다.

7개월 만에 브라질에서 1년 동안 머물 수 있는 신분증을 손에 쥐었다. 이미 절반이나 지나가 버렸지만, 괜찮은 기념품이 생겼다.

웃음 나는 기념품.

REPÚBLICA FEDERATIVA DO BRASIL
CÉDULA DE IDENTIDADE DE ESTRANGEIRO
RNE: CLASSIFICAÇÃO: VALIDADE:
G344██6-7 TEMPORARIO   15/01/2018
NOME:
TAESOO AN
FILIAÇÃO:

NACIONALIDADE: DATA DE NASCIMENTO: SEXO: M
SUL COREANA
NATURALIDADE(PAÍS):   DATA DE ENTRADA:
REPUBLICA DA COREIA   16/01/2017
ĀO EMISSOR: VIA: 1
I/DIREX/DPF   DATA DE EXPEDIÇÃO: 11/05/2017

1 브라질 신분증
2 연방 경찰서
3 기다리는 사람들
4 일하는 사람

브라질에서 분필을 들다

같으면서도 다른 브라질 대중교통

브라질에도 지하철, 버스, 택시가 있다.
그리고 한국에 없는 우버도 있다.

브라질 지하철은 거리에 상관없이 한화 약 1,300원으로 가격이 같다. 한국처럼 붐비는 역은 정말 끔찍하게 붐비지만, 배차 시간이 짧아서 지옥철까지 되진 않는다. 지하철은 한국과 좌석배치만 다를 뿐, 구걸하는 사람들과 물건을 파는 사람들이 있어 지하철 안의 풍경은 한국과 비슷해 보였다.

시내버스 가격은 지하철과 같다. 선생님이나 학생은 절반이나 할인되고, 65세 이상 노인은 무료로 이용할 수 있다. 버스는 정류장이 많아 쉽게 탈 수 있지만, 그만큼 자주 정차하기 때문에 오래 걸린다. 버스비는 카드로 낼 수도 있고 기사나 함께 타고 있는 직원에게 현금으로 내도 된다. 돈을 내면 버스 안에 있는 회전문을 지날 수 있다. 브라질에선 무임승차가 빈번했기 때문에 버스 안에 회전문을 두었다. 사람이 없을 때는 그나마 괜찮은데, 사람이 많은 날에는 기사에게 돈 내고 거스름돈 받느라 또 회전문을 통과하느라 기다리는 시간이 필요했다. 시내버스 타는 날에는 단단히 각오해야 했다.

시외버스는 인터넷으로 예매할 수 있는데, 결제가 안 되고 이용 가능한 버스도 나오지 않는 경우가 종종 있다. 그럴 땐 터미널로 직접 가야 하는데, 그럼에도 불구하고 표가 없으면 매우 당황스럽다. 시외버스 차표도 특이하다. 차표 한 장인 한국에 비하면 브라질은 몇 장에 긴 영수증을 겹쳐서 준다. 결제하고 차표가 인쇄될 때까지도 인내심이 필요하다. 그리고 시외버스를 이용할 때, 꼭 챙겨야 하는 것이 있다. 바로 신분증이다. 불시에 하는 검사에 만일 없는 것이 걸리면, 버스를 탈 수 없다. 아무리 사정하고, 화를 내도 기사는 태워주지 않았다. 이 때문에 나도 두 번이나 집에 다녀온 적이 있고, 심지어 현지 할머니와 할아버지가 눈물을 보이며 태워달라고 했는데도 그들은 버스를 탈 수 없었다.

브라질 어디서나 택시는 자주 보인다. 가격은 보통 미터기로 하는데, 기사와 흥정하기도 한다. 평일 6시부터 20시까지는 보통인 1번 요금, 20시부터 6시까지는 비싼 2번 요금이다. 밤 8시가 되면 할증이 붙는 것에서 한국과 차이가 있었다. 그리고 비공식 택시인 우버는 핸드폰 애플리케이션으로만 이용할 수 있다. 편법이긴 한데, 우버같이 보이는 차를 세워 기사와 가격협상을 하고 탈 수 있다. 우버와 택시의 가장 큰 차이는 절반 이상 차이나는 가격이다.

브라질에서 수입품은 세금이 많이 붙는다. 그리고 대부분 차는 수입되었고, 가격도 비싸서 대중교통 인기는 갈수록 높아지고 있다. 하지만 도로 사정이 좋지 않아 출퇴근 시간은 주차장이라고 착각할 만큼 막힌다. 특히 쌍파울루에서 이동할 때는 내가 가려는 시간대와 목적지를 확인하고 움직여야 한다. 그렇지 않으면, 도로 위에서 인내심의 한계를 경험하게 될지 모른다.

1. 2 우버 안 & 택시 미터기
3. 4 지하철 표 & 지하철 모습
5. 6. 7 시외버스 & 좌석 & 표
8. 9. 10 시내버스 모습& 인내심이 필요해 & 시외버스 터미널

브라질에도 한류의 바람이 분다.

많은 아이돌 중에 브라질 소녀팬들은 '방탄소년단'이 최고라고 말한다. 빅뱅과 소녀시대 세대인 나는 학생들이 열광하는 아이돌을 몰라서 당황하기도 또, 그만큼 나이를 먹었다는 생각에 슬퍼지기도 했다. 이럴 줄 알았으면 인터넷으로 검색해 보는 건데…

어느 날, 쁘리씰라가 한국 아이돌 그룹인 스텔라 팬 미팅에 초대했다. 한국에서도 이런 팬 미팅 현장에 한 번도 가본 적이 없어서 궁금하긴 했는데 한국과 정 반대에 있는 나라에서 가는 모습이 마치 스텔라 사생팬인 것 같다는 생각에 웃음이 나왔다.

아무쪼록 한 번 경험 삼아 가기로 한 팬 미팅에 한껏 신이 났다. 클럽 앞에는 많은 브라질 젊은이들이 입장을 기다리고 있었다. 택시에서 내리는 우리를 보고 한국인이라며 소곤거리고 사진 찍기도 했다. 손을 흔드니 여기저기서 환호와 웃음이 터져 나왔다. 마치 연예인이 된 것 같았다. 쁘리가 미리 예약한 덕분에 바로 입장할 수 있었지만, 나는 한류를 느끼고 싶어서 환호를 즐기고 싶어서 괜히 천천히 들어갔다.

팬 미팅 장에는 한국 아이돌 그룹의 노래가 끊이지 않았고 사람들은 노래에 맞춰서 춤추고 있었다. 단순히 흉내 내는 수준이 아니라 가수와 똑같이 췄다. 그것도 한두 곡이 아니라 나오는 모든 곡을 거의 복제하다시피 따라 했다. 어떻게 알고 있는지 신기할 따름이었다. 기획사 사장이었다면 캐스팅했을 정도로 춤추는 감각도 남달라 보였다. 브라질에서는 한국 가수들이 인기가 많아, 한국 댄스 학원에 많은 사람이 다닌다고 쁘리가 귀띔해주었다.

드디어 스텔라가 등장했다. 스텔라가 춤추기 시작할 때 사람들은 카메라를 꺼내 들고 귀가 따가울 정도로 소리 지르고 춤과 노래를 따라 했다. 모두 스텔라에 열광했다. 나도 그들처럼 연예인이 신기해서 그리고 소리를 질러본 적이 너무나도 오래되어서 있는 힘껏 소리를 지르고 환호했다. 그러다 보니 집에 갈 때는 목이 따끔거리기도 했다.

한국 가수들, 스포츠 스타들 그 밖에 다른 이유로 한국에 대한 이미지가 좋은 나라들이 있다. 이곳 브라질도 그랬다. 한국에서 왔다고 하면 무엇 때문인지 웃으며 친절하게 대해주었다. 나는 단지 한국 사람이라는 이유만으로 브라질에서 큰 혜택을 받았던 것 같다.

한국인이라면 내가 받았던 좋은 대접을
다른 한국인도 받을 수 있도록 노력해야겠다.

브라질에서 분필을 들다

Chapter 02

「 브라질 학교 」

Força no ensino, Sucesso na vida

(가르침의 힘, 인생의 성공)

'배움을 통해서 힘을 기르고 성공하는 인생을 산다.'는 슬로건을 가진 오브제치부 학교다. 포르투갈어의 오브제치부objetivo는 영어단어 오브젝티보 Objectivo와 비슷한 철자에 의미도 같다.

오브제치부 학교는 쌍파울루 주에만 1,000여 개 전국에는 1,500개가 넘게 있는 규모가 꽤 큰 사립학교다. 쌘토스에도 학교가 7개나 있었다. 쌘토스에 있는 여러 학교를 둘러보고 나와 오쌤은 관사 옆에 있는 오브제치부 바이싸다Objetivo Baixada학교로 출근하게 되었다.

학교는 학생들 학년에 따라 시설이 달랐다. 공통적으로 높은 건물에 엘리베이터, 대학교를 연상시키는 책상들, 다 적을 수는 있을까 하는 넓고 길었던 칠판, 스와질란드와는 비교도 안 되는 깔끔한 과학실, 컴퓨터실은 물론이고 스티브 잡스 실이라 불리는 아이패드로 수업하는 첨단 교실도 있었다. 학교 시설은 한국에 어떤 학교와 비교해도 뒤지지 않을 것 같았다. 그러나 저학년이 다니는 학교에는 운동장이 있는데에 비해 고학년이 다니는 학교에는 교실만 있는 것이 마음에 걸렸다.

브라질에서 사립학교에 다니려면 많은 돈이 필요하다. 고등학생기준 한 달에 1,000헤알, 한화로는 35만 원 정도다. 학생들 대부분은 학비가 무료인 국공립대학교 진학에 목표를 둔다. 국립대학과 의과대학이나 특정 유망한 과의 진학률은 내년도 학생등록 비율이 달라질 만큼 중요하다.

개학 날이 가까워짐에 따라 학교는 분주해졌다. 학교 운영은 크게 행정적인 부서와 운영하는 부서로 나뉜다. 행정 부서에는 코디네이터가 학생들 등록부터 시간표, 수업 시간을 관리하고, 운영 부서에는 학생들을 가르치는 선생님들과 출석이나 지각을 관리하는 모니터가 있다.

개학 하루 전, 학교에서 마지막 회의가 열렸다. 싼토스에서 근무하는 모든 선생님이 참석해야 했다. 올해 계획된 학교 행사를 안내하고, 그동안 학교 실적과 문제점에 대해 선생님들은 토론하며 개선방향을 나누었다. 올해는 떠들거나, 핸드폰을 사용하는 학생들 때문에 수업이 잘 이루어지지 않는다는 주제로 어떻게 하면 좋을지 의견을 교환했다. 이야기하던 중, 선생님들은 한국의 상황이 궁금했는지 갑자기 나에게 질문했다. 대부분 학교에서는 학생들이 등교해서 핸드폰을 내고 집에 갈 때 받는다고 하니 관리자들도 그렇게 하고 싶은데, 관리할 수 없어서 힘들다고 했다. 회의는 별다른 대안 없이 끝이 났다. 하지만 운영진들이 교실 현장의 문제점을 인식하고 개선하려 한다는 점에서 교육에 대한 열정을 느낄 수 있었다.

다시 두근거리기 시작했다. 내가 이곳에 온 가장 큰 이유인 학생들과의 만남. 그 시작이 하루 앞으로 다가왔다. 왜인지 가슴은 계속 두근거렸다.

'잘할 수 있겠지?'
'잘할 수 있을 거야!'

학생들

오브제치부의 가장 큰 특징은 유치원생부터 대입을 준비하는 장수생까지 다양한 학년에 맞춰진 수업이 있다는 점이다. 내가 출근하는 오브제치부 바이싸다 학교는 중3부터 고3 학생들만 다닌다. 한 교실에는 적은 곳은 30명부터 많은 곳은 50명이 넘기도 했다. 이 학교에서 중3과 고 1 그리고 고2 화학 수업을 맡게 되었고, 담당 선생님과 번갈아 가며 수업을 하기로 했다.

수업시간

학교 정규 수업은 오전 7:20부터 12:50까지, 총 6교시가 있다. 이 시간이 학교의 정규수업이다. 우리나라와 가장 큰 차이는 수업마다 쉬는 시간이 없다는 것이다. 학생들은 학교에 오자마자 세 번을 수업받고 30분 동안 쉰 다음 나머지 세 번을 수업받으면 집에 갈 수 있었다. 그 이후 원하는 학생들은 오후 보충 수업과 특별 수업을 듣기도 했다.

학기와 과목

오브제치부 학교는 1년을 4학기로 나누며, 1월부터 시작하고 12월에 끝이 난다. 방학은 모든 학기 사이에 있는 것이 아니라 2학기와 마지막 학기가 끝나고만 있었다. 각 학기는 PE라는 시험이 기준이 되며, 그 시험이 끝나면 한 학기가 끝난 것으로 생각하면 된다. 오브제치부에는 자체적으로 개발한 교육과정이 있고, 또 그것에 따라 만들어진 교과서를 사용한다. 학생들은 1년에 총 4권의 교과서를 받는다. 정규 수업에서 중학생은 국어, 영어, 수학, 물리, 화학, 역사, 지리, 예술, 스페인어 등 총 9과목, 고등학생은 문법, 작문, 수학, 영어, 물리, 화학, 생물, 역사, 지리, 철학 등 총 10과목을 배운다.

1 내가 출근하는 학교(오브제치부 바이싸다)
2~5 교실과 과학실
6 선생님들 연수
7 쉬는 시간

기다렸던 개학 날!
'뭐지…?'

오브제치부는 학년마다 개학하는 날이 다르다. 선생님들은 각자 맡은 반
에 맞춰서 출근하면 됐다. 나는 9학년, 고1과 고2 학생들 개학 날에 따라
야 했다. 그러나 누구도 어디로 몇 시까지 오라는 말을 하지 않았다.

혹시나 하는 마음에 간 학교에는 학생들이 북적였고 심지어 수업을 시작
한 교실도 있었다. 나 빼고 학교는 시작하고 있었다. 바로 수엘리Sueli를 찾
아갔다. 그때는 수엘리가 그렇게 높은 직책인지 몰랐는데, 알고 보니 7개
학교를 관리하는 이사장님이었다. 설령 알았다고 해도 어떻게 해야 하는지
모르는 상황에서 마냥 기다리고 있을 수만은 없었다. 자초지종을 설명하고
수엘리와 함께 교장 선생님, 루시우Lucio를 찾아갔다. 루시우는 한국에서 선
생님들이 온 것은 알고 있었지만, 담당 선생님이 정해지지 않아 이런 혼란
이 있었다고 했다. 그 자리에서 담당 선생님을 정하고, 수업에 관한 것은
앞으로 맞춰보기로 했다.

오브제치부 수업은 특이하다. 한 과목을 한 선생님이 가르치지 않는다. 예를 들어 일주일 동안 한 반에 세 시간의 화학 수업이 있다면, 세 명의 화학 선생님이 번갈아서 가르쳤다. 나는 그중에 두 명의 선생님과 함께 들어갔다. 그리고 세 번의 수업 중 한 번은 내가 수업하고 나머지는 참관하기로 했다.

처음 학생들 앞에서 이야기할 때, 고개를 끄덕이며 듣는 학생들을 보고 내 말을 이해한다고 느꼈다. 그런데 수업이 끝나자 선생님은 학생들 대부분이 영어를 잘하지 못한다고 말했다. 그의 말에 어떻게 수업할지를 고민하다 포르투갈어로 판서하고, 영어로 설명하기로 했다.

학교는 확실히 정해진 것이 없었다. 황당했지만 처음이기에 이해하기로 했다. 어찌 됐든 이제는 내가 해야 할 일이 정해졌다.

"1년간 열심히 해보자!"

함께 들어가는 선생님	
월	파트리샤Patricia (중3)
화	테우Teo (고 1, 2)
수	씨루Ciro (고 1, 2)
목	잭슨Jacson (고 1, 2)

1 교실에 처음 들어가던 날
2, **3** 학교 문이 열리길 기다리는 학생들
4, **5** 교실 안 학생들

브라질에서 분필을 들다

첫 만남, 그리고 작은 바람

처음은 언제나 설렌다.

평소보다 심장은 빨리 뛰었고, 얼굴 근육도 떨려 왔다. 긴장했다는 몸의 신호였다. 수엘리, 루시우와 함께 교실로 들어갔다. 새 학년, 새 교실, 새로운 선생님들에 학생들은 어리둥절했지만, 새로운 나라와 문화를 접하는 나는 학생들보다 더 어리둥절했다. 학창시절, 전학 가서 자기소개하는 것처럼 떨렸던 것 같다.

교실에 들어서니 백 개가 넘는 눈들이 나에게 집중되었다. 한국인 선생님이라 신기했을 것이다. 긴장했지만 아무렇지도 않은 척, "Nice to meet you."로 소개를 시작했다. 그리고 어떻게 말을 이어갔는지는 기억나지 않지만, "Thank you"하고 소개가 끝났을 때, 학생들은 환호하고, 손뼉을 쳤다. '다른 교실에 방해되지 않을까' 하는 걱정이 들 정도로 학생들은 나를 환영해 주었다.

들어간 반마다 어디서 왔고, 왜 왔는지 대해서 설명하고 질문을 받았다. 창피한지 아니면 큰 관심이 없는지 손드는 학생은 많이 없었다. 내 소개가 끝나면 같이 들어간 선생님은 일 년 동안 어떻게 공부할지 안내했다. 어떤 반에서는 내게 한 시간을 양보해 주었다. 그때 학생들과 길게 대화해보니 영어 수준을 알 수 있었다. 띄엄띄엄 말하는 학생들과 선생님의 도움으로 대화를 하고 보니 학생들은 영어를 그리 잘하는 것 같진 않았다. 딱히 질문할 것이 없었는지, 어떤 학생은 한글로 자기 이름을 써달라는 귀여운 부탁을 하기도 했다.

처음 반겨주고 신기해하고 궁금해하는 이 관심들이 얼마나 유지될 수 있을지, 나는 아이러니하게도 시간이 빠르게 지나 이런 감정들이 식어서 나에게 무관심했으면 하고 바랐다. 그래야 나에게 적응했다고 할 수 있을 것 같았다.

2017년, 학생들과 얼마나 많은 시간을 공유하게 될지는 모르지만, 밀도가 높아서 끈끈해지기를, 그래서 아름다운 처음의 만남처럼, 아름다운 이별을 하게 되기를.

1 한글로 이름 쓰기 '구스따부'
2 자기소개
3 재밌는 이야기 중

"이번 주 토요일, 쌍파울루에서 회의에 참석하세요!"

코디네이터가 말했다. 무슨 회의를 큰 도시까지 가서 하냐며 투덜거렸는데, 회의가 끝나고 참석하길 잘했다고 스스로 칭찬했다.

아침 일찍 시작하는 회의에 참석하기 위해서 평소보다 바쁘게 움직였다. 회의에는 쌍파울루 주에 있는 1,000여 개 오브제치부 학교의 모든 신입 선생님들과 부서장들이 참석해야 했다. 회의 장소는 넓었고 과목별로 반도 나누어져 있었다. 게다가 모든 참석자 명찰과 점심까지 준비되었다. 단순한 회의가 아님을 직감하고, 나는 진지하게 임했다.

회의라고 이야기를 들었는데 신규선생님과 부서장의 연수에 가까웠다. 과목별로 또 주제별로 어떻게 가르쳐야 하는지, 그리고 최소한의 비용과 시간으로 학생들의 집중력을 끌어 올릴 수 있는 프로그램을 교육했다. 이번 화학 연수에서는 세 가지 실험을 소개했고, 선생님들이 직접 해보는 시간도 가졌다.

어느덧 마지막 시간, 실험도 끝나고 조금 지루하게 느껴질 때쯤, 갑자기 많은 선생님이 내가 있는 교실로 들어왔다. 그렇게 물리, 화학, 역사 선생님들이 한곳에 모였고, 그들에게 '핵의 발달과 역사'라는 주제로 강의했다. 서로 다른 과목 선생님들이 번갈아가며 설명했다. 딱딱할 수 있는 이론적인 과학 수업이었지만, 역사적으로 발달하는 이야기, 잘못 이용되면 어떻게 되는지에 대한 사회적인 이야기까지 하니 그 수업에 빠져들지 않을 수 없었다. 한 주제를 다양한 관점으로 바라보는 수업은 지루할 틈이 없었고 끝까지 집중하도록 만들었다. 수업은 한 마디로 재미있었다. 아이들이 직접 체험할 수 있도록, 집중할 수 있도록 그리고 모든 학문은 떨어져 있는 것이 아니라 하나라는 것을 알게 하도록 오브제치부에서 선생님들은 서로 돕고 있었다.

회의가 끝나자마자 배울 수 있게 해줘서,

또 무엇을 할지 알게 해줘서,

아낌없이 박수를 보냈다.

1 세미나에 참석한 선생님들
2 화학 연수 교실
3 설명하는 선생님
4 실험 중
5 선생님들의 순발력

브라질에서 분필을 들다

졸업 파티
....

개학하고 얼마 되지 않아, 2017년 대입에 성공한 학생들을 위한 졸업 파티가 열렸다. 학생들과 가르쳤던 선생님들과 기쁨과 행복을 함께 나누는 파티였다. 나와 오쌤은 특별 게스트로 초대를 받았다. 우리는 한쪽에서 커피를 마시며 지켜보았다. 학교 직원들은 한쪽에 간단한 다과를 두고, 학생들에게 줄 기념품과 포토존을 만들고 한 테이블에는 어디에 쓸지 모르는 물감과 붓을 두며, 파티 준비에 정신이 없었다.

슬슬 강당이 붐비고 파티는 시작되었다. 학생이라는 신분으로 큰 부담을 덜어낸 학생들의 얼굴은 가벼워 보였다. 선생님들은 그런 학생들을 흐뭇한 눈빛으로 바라보았다. 책상 위에 있던 물감과 붓은 친구 얼굴이나 팔에 합격한 과와 대학교 또는 좌우명을 적는 데 쓰였다. 학생들은 서로 축하하고 함께 사진을 찍으며 추억을 남겼다. 다른 한쪽에서는 성별에 상관없이 원하는 학생들의 머리를 선생님이 직접 밀었다. 그 모습에 깜짝 놀라는 내가 걱정스러웠는지 이것이 브라질 졸업문화라고 나딸리아는 설명해주었다.

모두 대학교 합격에 기뻐하며 서로를 축하해주는 마음, 또 선생님께 감사하다는 표현이 진심으로 느껴지니 파티장은 훈훈해졌다. '선생님들은 얼마나 보람찰까?', 여기 있는 학생들의 선생님이라는 것이 부럽게 느껴졌다.

문득 대학에 합격하지 못한 학생들이 생각났다. 그 학생들은 과연 졸업 파티를 어떤 시선으로 바라볼지, 혹시나 소외감을 느끼지 않을지 걱정이 되었다. 하지만 학교는 그런 역효과보다 그 행사의 본질적인 목적에 초점을 맞추었다. 무언가 걱정되어서 안 하기보다는 본래의 목적에 중점을 두고 있었다. 단순히 대학에 합격했으니 축하하고 기쁨을 나누는 시간이 필요했다. 그래서 이런 자리를 만든 것이다. 언젠가 나머지 학생들도 대학에 합격할 것이고, 또 그때 진심으로 축하해줄 것을 알기에 합격하지 못한 학생들에게 지금 이 순간은 다시 힘내서 공부해야겠다는 계기가 됐을 것이다.

역시 행사의 하이라이트는 경품추첨, 올해 1등 경품은 자전거다. 많은 학생이 자기 번호가 불리기를 기대하는 듯했다. 그러나 아쉽게도 받을 수 있는 사람은 단 한 명. 드디어 운 좋은 학생이 뽑히고 다른 친구들은 축하하는 마음과 부러움을 박수로 표현했다. 학교 앞에서 단체 사진을 마지막으로 파티는 끝이 났다. 오늘이 학교 오는 마지막 날이라는 걸 아는지 학생들의 작별 인사는 길었다.

1. 2 파티 중 & 머리 미는 학생
3. 4 축하받는 학생 & 자전거 받은 학생
5 졸업하는 학생들

   교실 안에서 학생들을 만나는 것.

   브라질에서 가장 기대하고 기다렸던 순간이다. 개학을 기다리며 대학교를 연상시키는 교실에서 과연 브라질 학생들은 어떤 모습인지, 수업을 들을 때는 어떤지, 공부는 잘하는지, 그 밖에도 교실에서 많은 것들이 궁금하기도 했다.

   학교에 가자마자 학생들 머리 색깔이 눈에 띄었다. 길이는 깔끔하고 단정했는데 흰색과 빨간색, 초록색 등 화려한 색깔로 염색한 학생들로 봐서 머리에 대한 규정은 딱히 없어 보였다. 심지어 수염 때문에 정말 학생이 맞는지 의심스러운 학생들도 있었다. 학생들은 체육복 비슷한 것을 입고 있었는데 바로 그 옷이 교복이었다. 종류가 다양해서 정해진 규율은 없어 보였다. 학생들은 편하게 학교 이름이 들어간 옷을 입고, 간혹 사복을 입기도 했다. 학교마다 여학생들이 치마를 입는 것과 슬리퍼를 신는 것만 빼면 복장은 자유로웠다. 여학생들은 오브제치부 티셔츠나 민소매로 상의로 입었고, 하의는 조금 민망할 정도로 타이트한 레깅스를 입었다. 어느 정도 타이트하냐면, 우리나라에 레깅스 치마에서 그 치마가 없다고 보면 된다. 하지만 브라질에서 레깅스는 많은 사람이 입고 다니는 흔한 평상복이기도 했다. 몸매를 드러내는 문화라 선생님들도 친구들도 민망해 하거나 이상하게 여기지 않았다.

수업이 본격적으로 시작되면, 맨 앞에 앉아서 열심히 듣는 학생과는 달리 뒤에서 몰래 핸드폰을 만지고 음악을 듣거나 엎드려서 자거나 친구들과 장난치는 학생도 있었다. 산만했던 교실은 한국과 크게 다르지 않았다.

그러나 아무리 이해하려고 해도 이해가 안 됐던 모습이 있었다. 바로 학생들이 수업 듣는 태도였다. 학생들은 책상 위로 발을 올리고 있지 않나 수업 시간에 갑자기 벌떡 일어나 앞으로 가서 쓰레기를 버리지 않나 깜짝깜짝 놀랄 때가 많았다. 한국에서 절대 볼 수 없는 모습이었다. 하지만 브라질 선생님들은 "발 내려!"라던지, "나중에 버려!" 같은 말을 하지 않았다. 이런 모습들은 브라질 교실에서 꾸미지 않은 모습이었다.

하루는 말썽꾸러기 학생이 보이지 않아, 옆 친구에게 물으니 비가 와서 안 왔다고 했다. '어떻게 이럴 수 있지?' 하며 황당했다. 그러면서 자기도 아침에 일어날 때, 비가 오면 그칠 때까지 기다리거나 결석한다고 했다. 역시 이해하기 힘든 이유였다. 하지만 비가 오거나 아프다거나 심지어 오기 싫다는 이유는 학생들에겐 평범한 결석 이유였고 학교에서도 인정을 해주었다. 브라질에서는 학교에 오지 않아도 큰일 나지 않았다.

'틀림과 다름' 속에서 이해와 적응이 필요했다.

1. 2 사랑해요 & 이렇게 해야지
3. 4 정답이 뭐 같아? & 끝나고 뭐할까?
5∼7 집중하는 학생 & 문신한 학생 & 핸드폰 하는 학생
8∼10 다리 올린 학생 & 중요한 건 밑줄 & 답이 뭘까?

브라질에서 분필을들다

"Hey man~"

가끔 학생들 행동에 당황스러울 때가 많았다.

학생들은 웃으며 다가와 주먹을 맞대거나, 어깨 위로 손을 올리며 인사를 하거나, 악수하는 척하다 손을 피하는 장난을 쳤다. 어느 날은 자기가 쓰고 있던 선글라스와 모자를 나에게 써보라고 하고 포즈를 요구하기도 했다. 이런 학생들 행동에 당황스러운 적이 많았지만, 그런 나를 보고 사진 찍으며 깔깔 웃는 것을 보니, 기분 나쁘지는 않았다. 오히려 학생들의 친해지고 싶은 마음이 느껴져 즐겁게만 느껴졌다.

처음 교실에 앉을 때, 마치 전학생이 온 첫날처럼 나를 둘러싸고 질문을 퍼부었다. 옷에 대해서 시계에 대해서 머리에 대해서 이것저것 물어보던 아이들은 마냥 귀엽게 보였다. "여자친구 있어요?"는 물음에 있다고 하니, 짓궂은 학생은 브라질에서 한 명 더 만들라는 농담도 했다.

남학생들끼리는 서로 게이라며 놀린다. 그러자 그 친구는 "그래 내가 게이다." 하며 옆 친구한테 뽀뽀한다. 유치했지만 이런 학생들을 보며 고등학생 시절이 생각나 혼자 웃기도 했다. 한편, 브라질에서 '게이'라는 단어는 즐거운 농담이었다. "저 선생님 게이니까 조심해!" 하며, 선생님들끼리도 농담한다. 한 번은 어떤 학생에게 내가 게이라고 하니, 조금 당황한 듯 나를 피하는 것 같았다. 장난이었다고 해명하는데 진땀이 나기도 했다. 브라질에서 남자들끼리 게이라고 말하는 장난은 조금 친해지고 난 다음에 해야 하는 것을 절실히 느꼈다.

이런저런 장난을 주고받으며,

우리는 조금씩 가까워졌다.

그리고 첫 수업

첫 수업이 1년을 결정한다.

드디어 약속한 수업 날이 되었다. '어떻게 시작할까?' 고민하면서, 교실 앞으로 나갔다. 교실은 여전히 시끄러웠다. 나는 마치 많은 사람에게 무언가를 팔아야 하는 영업사원이 된 느낌이었다. 앞에 서서 학생들을 바라보았다. 학생들 얼굴에는 기대감과 호기심이 가득해 보였다. 웅성거리던 학생들은 '쉬~~'하는 소리와 함께 조용해졌다. 교실엔 학생이 가득 차 있었지만, 고요했다. 그 고요함이 민망해질 때, 힘차게 인사했다.

"봉 지아! (안녕)"

"봉 지아Bom dia!" 뭐가 그리도 반가운지 어떤 학생들은 오버해서 소리도 지른다. 드디어 브라질에서 첫 수업이 시작되었다. 나에겐 일 년이 시작되는 의미이기도 했다. 학생들은 내가 말하는 것을 한마디도 놓치지 않으려고 집중하는 듯했다. 얼마 지나지 않아 교실은 다시 소란스러워졌다. 칠판에 필기하는 동안 학생들은 떠들었고, 설명하려고 뒤를 돌면 '쉬~~' 하는 소리로 교실은 다시 조용해졌다. 시끄럽고 조용해지기를 반복하다 보니 준비한 필기를 모두 칠판에 적었다. 그렇게 첫 수업은 끝이 났다.

50분이 어떻게 지나갔는지 모르겠다. '시간이 남으면 무슨 말을 하지?' 하고 걱정했던 시간이 무색할 만큼, 오히려 더 이야기하지 못한 것이 아쉬 웠다. 교실을 나가려는데 "선생님 수업 좋아요. 재밌어요!" 하고 학생들이 말했다. 평소 학생들에게 감정을 잘 드러내지는 않았는데 나도 모르게 입 꼬리가 올라가는 게 느껴졌다. 사실, 그때는 뛸 만큼 기뻤다. 떠들고, 집중 하지 못하는 학생도 있었고, 더 잘 설명할 수 있었다며 아쉬운 생각이 들 었던 첫 수업이었는데, 이렇게 말해준 학생들 덕분에 힘이 났고 앞으로 더 욱 열심히 준비해야 한다는 부담감이 생겼다.

고맙다.
우리 1년 동안 열심히 해보자.

1 첫 수업 후
2 학생들과 함께
3 판서들

  과학이라는 과목은 6학년부터 본격적으로 배우기 시작한다. 한국 과학
에서는 물리, 화학, 생명과학, 지구과학으로 네 과목을 배우지만, 오브제
치부 학교에서는 지구과학을 제외한 물리, 화학, 생명과학 세 과목만 배운
다. 9학년까지 한 과목으로 배우고, 고등학교 1학년부터 세부 과학을 배운
다. 오브제지부 화학은 배우는 단원에 따라서 프렌치Frente I과 II로 나누어
져 있다. 프렌치 I은 한 주에 1시간, II에 2시간이 배정된다. 그리고 실험 시
간은 별도로 있었다. 수업시간마다 다른 선생님이 가르친다. 교육과정에는
고1 때 배우는 내용이 고2 때도 나오는 것처럼, 중복되는 과정을 많이 두
어 학생들이 잘 익히도록 했다.

  과학은 한국보다 깊고 많이 가르쳤다. 예를 들어 한국 중고등학교에서는
원자번호 20번까지 가르치는 것에 비해, 여기서는 선생님이 1번부터 118번
의 모든 원소를 적고 가르쳤다. 또한 원자의 전자 배치의 경우도 한국에선 1
주기에서 4주기까지만 적는 데에 비해 7주기까지 적고 가르쳤다. 사실, 나도
전체 주기율표를 적지 못한다. 그런데 브라질 화학 선생님들이 모두 적는
것을 보고 난 다음에, 나도 주기율표 전체를 외웠다. 주립 대학교나 의과

◆ 한숨에 적은 주기율표

준비반에서는 '이것까지 가르치나?' 하는 생각이 들 정도로 놀라기도 했다. 심지어 일부 단원은 한국의 대학교 과정이었다. 보통 브라질에서 유명한 대학교는 자체적으로 시험을 치르는데, 이 시험을 위해서는 한국의 대학교 수준까지 준비되어야 했다. 학생들이 배우는 것을 보니 유명한 대학교 수준을 알 수 있었다.

　실험 시간, 교과서 안에는 학습지도 있다. 학생들은 그것을 모두 적고 잘라서 선생님께 확인을 받는다. 그래야 실험 시간에 참석했다는 인정을 받을 수 있다. 오브제치부 과학 교육과정에는 일주일에 한 번, 실험 수업이 있었고, 교과서에는 해당 학기의 모든 실험이 준비되어 있었다. 선생님들은 따로 학습지를 만들 필요가 없었고, 계획된 실험을 하고 학생들이 과제를 잘하는지 확인하면 되었다. 깔끔한 실험실에 실험준비물도 모두 준비되어 있으니, 선생님들에게 실험 수업은 그리 번거로운 수업이 아니었다.

화학이라는 과목은 같았으나 가르치는 것과 방법이 한국과는 많은 차이가 있었다. 더 자세히, 더 지독하게, 더 많이, 가르치는듯했다.

그리고 충격

....

한 학기가 마무리될 무렵,

코디네이터와 담당 선생님과 대화가 심상치 않아 보였다.

"학생들이 영어 과학 수업을 힘들어한다. 이제 50분 전체 수업을 할 수 없다."

하고, 테우Teo 선생님이 말했다. 어떤 의미인지 단번에 알아차렸지만, 인정하기 싫어서 몇 번이나 다시 물었다. 학생들은 영어 과학 수업을 어려워했다. '나름대로 열심히 준비했는데, 내가 영어가 부족한가? 수업을 못 하나?' 하며, 모두 내 탓이라는 생각에 숨어 버리고 싶을 정도로 창피했다. 테우 선생님은 학생들이 영어를 못해서 이해하기 힘들어한다고 했지만, 단지 나를 위로해주려고 하는 말 같았다.

눈앞이 캄캄해졌다. 마침 시험기간이라 수업이 없어서 다행이었다. 어떻게 해야 할지 몰랐고, '왜 더 잘하지 못했나?' 하며, 지난날들이 후회스러웠다. 학생들 얼굴을 볼 자신이 없어졌다.

시험이 끝나고 다시 학교로 갔다. 수업을 참관하며, 옆에 있는 학생과 이야기해보니 그 학생은 영어를 잘하지 못했다. 심지어 어떤 학생들은 기본적인 회화도 하지 못했다. 문제는 이런 학생들이 한둘이 아니라는 것을 이제 서야 알았다는 것이다. 나와 이야기하려고 영어 잘하는 학생을 데려오기도 했지만, 통역해도 대화가 이어지지 않았다. '이런 학생들에게 영어로 과학을 가르치려고 했던 것인가?' 하는 생각에 멍해졌다.

따져 보니, 한 교실에 50% 학생이 영어를 아예 못했고 30% 학생은 간단한 대화만 가능했다. 오직 20% 학생만이 유창하게 영어로 말했다. 한 교실에서 영어를 이해하는 학생들이 절반밖에 되지 않았다. 아무리 포어로 판서를 한다 해도 영어를 알아듣지 못한다면 그 수업은 의미가 없다. 그날 이후로 영어 과학 수업을 포기하려 했지만, 테우 선생님은 20분 정도를 내가 영어로 수업하고 나머지는 자기가 포어로 설명하겠다는 수업을 제안했다.

그렇게 영어-포어 과학 수업이 탄생했고,
다시 열심히 해보자며 마음을 다잡았다.

쉬는 시간

"따르르르르르릉"

드디어 학교 종이 울렸다. 하루에 단 한 번뿐인 쉬는 시간, 종이 울리기도 전에 어떤 학생들은 미리 내려와 탁구대를 맡는다. 쉬는 시간에 학교 일층은 학생들로 가득 찬다. 이 30분 동안, 학생들은 매점에서 간식을 사 먹고 밀린 이야기를 하거나 음악을 들으며 책을 보거나 간단한 게임을 하며 쉬는 시간을 보낸다.

선생님들은 휴게실에 모인다. 사실 학교에는 선생님 한 사람을 위한 공간이 없다. 교무실이 없는 학교에서는 선생님이 있을 곳은 교실 또는 휴게실뿐이다. 쉬는 시간이 되면 그곳에는 빵, 과자, 주스, 커피 등 다양한 간식들이 준비된다. 간식으로 허기진 배를 달래고 그동안 하지 못했던 이야기나 토론을 하면서 선생님들만의 쉬는 시간을 보낸다.

휴게실에 한쪽 벽에는 게시판이 있다. 그곳에는 일주일 시간표와 학년별 시험 날짜와 과목 그리고 새로운 학교 행사들이 안내되는데, 학교에 올 때마다 게시판을 확인하는 재미도 쏠쏠했다.

선생님들은 학생과 상담이던지, 교실 조회도 청소 지도도 하지 않는다. 학교는 선생님들이 온전히 수업에 집중하도록 한다. 아마 한국에선 강사와 비슷할 것이다. 진학 상담은 학교 코디네이터와 하고, 출석 체크와 복장 지도는 복도에 있는 모니터들이 한다. 청소도 학교 청소부가 따로 있기 때문에 딱히 선생님들을 위한 공간은 필요하지 않았다. 브라질에서 선생님은 수업만 하면 되는 강사였다.

　선생님은 수업만? 아니면 전반적인 생활 지도까지?
　교육적으로 장, 단점이 있는 뜨거운 감자다. 보통 수업만 하는 선생님은 아이들과 친밀한 관계를 맺을 수 없을 거라고 하는데, 브라질에서 지켜본 선생님들은 딱히 그렇지도 않았다. 학생들이 먼저 다가와 볼키스를 하고 악수를 하고 선생님을 진심으로 좋아하는 것 같았다.

　'내가 가지고 있었던 생각들은 모두 편견일까?' 하며,
　쉬는 시간에 생각은 깊어져만 갔다.

1 휴게실 한쪽 벽면
2 휴게실 흔한 풍경
3 선생님들과 간식 시간
4 쉬는 시간 교실
5 매점 앞에서
6 쉬는 시간 구석
7 친구들과 게임
8 탁구 하는 학생들

수업이 일찍 끝난 어느 날, 아이들이 내게 물었다.

"선생님! 첫 키스 몇 살 때 했어요?"

이 아이들은 중학교 3학년이다. 함께 있던 파트리샤 선생님은 13살에 첫 키스를 했다고 하니, 학생들이 너무 늦게 했다며 놀렸다. 그리고 나에게 물었다. "20살"하고 대답하니, 거짓말하지 말라며 손짓했다. 도대체 학창시절에 뭐했냐고 묻기도 하고 뒤에서 속삭이는 학생들도 보였다. 당황했지만 당황하지 않은 척, "그래 너는 몇 살 때 했니?"고 물어보니, "11살!" 하고 자랑스럽게 대답했다.

초등학생 때 키스를 하는 것에 대해서는 한국도 그러니까 그리 놀라지 않았는데 남학생과 여학생 모두 그런 경험을 숨기지 않는 것이 놀라웠다. 설령 진짜 했다고 해도 어른들에게는 비밀로 하는 것이 한국에서는 보통인데, 브라질은 아니었다. 문화적인 차이를 실감하는 순간이었다.

혹시 뽀뽀를 키스로 착각하는 건 아닐까 하며, "키스는 어떻게 하는지 아니?" 하고 다시 물었다. 나도 알 것은 다 안다는 표정으로 "입을 맞추고 상대방 입안에 혀를 넣는다"는 말과 함께 몸짓으로 설명했다. 영화 '건축학 개론'에서 조정석이 키스를 묘사하는 장면이 떠올라 웃음이 나왔다.

이날, 나는 많이 당황스러웠다. 이런 질문을 받아본 적도, 대답해 본 적도 없어서 어떤 말을 해야 할지 몰랐다. 그런데 파트리샤 선생님은 이런 주제에 대해서도 학생들과 즐겁게 이야기하고 있었다. 브라질에서 키스나 연애에 대한 이야기는 이상한 것이 아니라 자연스러운 일상 수다였다. 숨기지 않고 웃으면서 또 그만하라고 소리치지 않는 선생님과 학생들의 대화는 나에게 신선한 충격이었다.

1 떠들지 마!
2 함께 한 9학년

브라질에서 분필을 들다

쉬는 시간이 없는 브라질 수업 특성상 50분을 전부 수업하면 많은 학생
이 힘들어했다. 선생님들은 그런 학생들을 배려하는지, 칠판에 먼저 필기
를 하고 수업을 시작했다. 50분 수업에 평균적으로 20분을 필기하는데 투
자했다. 그렇게 해도 집중하지 못하는 학생도 있었지만, 선생님들은 이게
최선이라고 말했다.

먼저 필기, 나중 수업.

필기하며 수업하는 것이 익숙했던 나는 이런 수업 방법이 시간 낭비라고
생각했는데, 브라질 교실에서는 적합한 방법이었다.

선생님들이 수업하는 모습을 보면 모두 개성이 있었다. 특히, 자신만의
말투로 학생들을 재밌게 하려고 노력하고 수업이 일찍 끝나는 날에는 옛날
이야기를 하며, 학생들과 소통하는 모습이 보기 좋았다. 너무 시끄러운 학
생을 교실 밖으로 내쫓기는 했지만, 흔히 있는 일은 아니었다. 많은 학생이
시끄럽게 할 때는 전체적으로 훈계하는 모습도 한국과 비슷했다. 학생들은

모를 땐 묻고, 잘못 했을 땐 혼나고, 마주쳤을 땐 반갑게 인사하고, 적당히 장난치던 모습을 보며 선생님과 수직적이 아닌 수평적인 느낌으로 다가왔다. 마치 친한 동네 형과 같은.

오전과 오후 저녁 수업까지 오브제치부 선생님들은 온종일 바쁘다. 대부분 브라질 학교는 오전, 오후 그리고 저녁 반으로 나뉜다. 학생들은 자기 학년이나 시간에 맞춰서 스케줄을 선택할 수 있고 집에서 가까운 학교도 선택할 수 있다. 그에 따라서 선생님들의 수업이 정해진다.

저녁 수업까지 모두 끝나면 오후 열 시다. 아침 일곱 시부터 수업하는 날이면 하루는 수업으로 가득 찬다. 그러나 선생님들은 오전과 오후, 저녁에 모두 같은 학교에서 근무하는 것이 아니라 다른 학교로 가기도 한다. 수업이 없는 날에는 과외라도 구하는데 심지어 토요일에도 과외를 하는 선생님도 있다. 학교 월급은 수업 시수로 결정되기 때문에 선생님들은 되도록 많은 수업을 원한다. 공립학교는 보통 한 수업 당 9헤알(약 3,000원)이라고 한다. 맥도날드 세트 버거 하나가 평균 20헤알인 브라질에서 이 월급으로는 일상생활이 불가능하다. 그래서 대부분 선생님은 사립학교에서 근무하기 원한다. 오브제치부 학교는 한 수업 당 44헤알(약 16,000원)로 5배가 넘게 차이가 난다. 물론 개인마다 그리고 학교마다 다르겠지만, 기본적으로 공립학교와 사립학교의 월급은 이렇게나 큰 차이가 있었다.

사회적으로 교사라는 직업은 이런 월급 때문에 인정을 받지 못한다. 상위권 학생들은 대부분 의사나 기술자가 되고 싶어 하지 선생님이 되고 싶어 하지는 않는데, 가장 큰 이유는 바로 돈에 있었다. 이것이 브라질의 쓸쓸한 현실이다.

하지만 이런 환경에도 불구하고 오브제치부 선생님들은 사명감을 가지고 수업하는 데 최선을 다했다. 이렇게 선생님들이 뿌린 씨앗은 언젠가 학생들에게 분명 좋은 열매를 맺게 할 것이라 믿는다.

1 퀴즈 수업하는 테우
2 명강사 잭슨
3 검사하는 파트리샤

브라질에서 분필을 들다

"다음 주에 인터뷰 있어요!"

나딸리아에게 이메일이 왔다. 무슨 인터뷰인가 하니, 한국에서 온 선생님들이 신기해 지역 신문사에서 취재를 요청한 것이었다.

'브라질 신문에도 나오다니 출세했네!'

약속한 날, 기자와 카메라맨이 왔다. 둘 다 영어를 못해서 테우 선생님이 통역으로 도와주고 내 목소리는 녹음되었다. 그냥 말할 때는 안 그랬는데 녹음기를 앞에 대고 있으니 괜히 떨렸다. 먼저 한국은 어떤 나라인지, 어떻게 이곳에 오게 되었는지 하는 질문에, 교육으로 짧은 시간에 발전한 나라라는 이야기와 이 사업에 대해서 간단하게 설명했다. 어느 정도 인터뷰가 끝나고 갑자기 "교육이란 무엇이라고 생각합니까?" 하고 물었다. 왜 예상 질문지에 없는 질문을 하느냐고 반문하고 싶었는데, 바로 앞에 있는 녹음기에 억지웃음을 지으며 대답할 수밖에 없었다.

"교육이란, 글쎄요. 한 마디로 표현하자면, 세상을 변화시키는 힘이라 생각합니다. 올바르게 변화된 사람들이 모인다면, 올바른 세상이 될 겁니다. 오래 걸릴 수 있지만, 세상을 행복하게 하는데 가장 확실한 방법은 교육이라고 생각합니다." 라고 대답했다. 다음 날, 학교 직원이 나를 불렀다. 컴퓨터 모니터를 가리키며 네가 신문에 나왔다고 알려주었다. 컴퓨터 속에 있는 내 모습이 웃긴지 계속 웃었다. 인터넷뿐만 아니라 종이 신문에도 기사가 나왔다. 교육에 대한 내용과 한국에 과거 모습 그리고 K-pop 인기와 내 얼굴이 싼토스 전역에 퍼졌다. 또 어디서 봤는지 신문에 나왔다고 학생들도 친구들도 축하해주었다. 대단히 영광스러운 날이었다.

이번 인터뷰는 교육에 대해서 한 번 더 생각해 보는 시간이기도 했다. 운이 좋게 나온 신문에 자만하지 말고 브라질에서 남은 시간 더 열심히 하자는 다짐을 했다.

처음으로 돈 주고 샀던 신문.
평생 간직해야지!

Sul-coreanos dão aulas em Santos

Por meio de um intercâmbio, professores do país asiático ensinam química a alunos que também abrem os olhos para a cultura deles

EDUARDO BRANDÃO
DA REDAÇÃO

Apesar do inglês arrastado e das complexas fórmulas para traduzir a carga elétrica de um átomo, o sul-coreano Taesuo An é o centro das atenções. Os olhos dos alunos da sala 102 do colégio Objetivo, no Boqueirão, em Santos, quase não piscam enquanto ele explica com riqueza de detalhes a matéria do dia.

O professor de Química deixou as suas tradições culturais e viajou para o outro lado do mundo a fim de aprimorar no Brasil aquilo que seu país se tornou referência mundial: Educação. Ele e o compatriota Jaekyun Oh fazem parte de um intercâmbio cultural voltado aos estudantes dos ensinos Fundamental II e Médio da instituição santista.

A troca de experiências surgiu depois de representantes da escola visitarem a potência asiática, que é conhecida pelo desenvolvimento na Educação após a segunda metade do século passado. Essa política de valorização do ensino foi motor do crescimento econômico do país, que hoje é a 13ª maior economia do mundo e exportadora de tecnologia de ponta.

Taesuo An vê qualidades na condução dos trabalhos em classe no sistema brasileiro de ensino. Ele explica que por aqui não existe o acúmulo de funções do professor, que se dedica apenas à formação acadêmica do aluno. "Deixando, assim, mais tempo livre para a

Os alunos acompanham as lições passadas pelo docente sul-coreano e também se interessam pela K-pop

Taesuo (à esq.) e Jaekyun foram apresentados por Teo (ao centro)

DIFERENÇAS

Até os anos 1960, Brasil e Coreia do Sul tinham 35% de analfabetos entre suas populações.

Hoje, um em cada 10 brasileiros ainda não sabe ler, enquanto esse índice é zero no país asiático.

Por aqui, evasão escolar ao fim do ensino médio é superior a metade dos estudantes, enquanto na Coreia é de 3%.

E apenas 18% dos jovens brasileiros estão na universidade, número igual aos dos coreanos que não têm ensino superior.

elaboração das aulas", explica.

Já no país asiático, o profissional da educação faz o papel de tutor, cumpre carga horária mais extensa e obrigações extra sala de aula. Razão pela qual os professores têm ganhos até quatro vezes acima dos colegas brasileiros. Especialistas asseguram a valorização educacional como política de governo mudou se o país. Até a década de 1950, 80% dos sul-coreanos eram analfabetos; hoje, esse índice é zero.

MÚSICA POP

Os dois jovens professores superaram com facilidade a barreira do idioma, tanto que já arriscam algumas explicações em português. Venceram tam-

bém o choque cultural para conquistar a admiração dos estudantes santistas. E a moderna música daquele país asiática teve papel fundamental nesse processo. Fenômeno de massas nas redes sociais, a chamada k-pop (abreviação em inglês para pop coreano) ganha cada vez mais fãs brasileiros.

Uma dessas admiradoras é a

aluna Amanda de Souza Ribeiro, de 15 anos. Ela é fã do gênero musical que explora elementos visuais em videoclipes, que se são febre na internet. "Está sendo uma experiência boa, pois me aproxima da cultura sul-coreana, que eu admiro", diz a jovem.

Com a ajuda dos dois intercambistas, Amanda já arranha algumas frases em coreano e

também conhece novos grupos musicais. "Não há cursos de coreano por aqui. Então, é oportunidade única".

O professor de unidade santista Teo Augustinio é alma como também positiva a experiência. "Os alunos têm demonstrado mais motivação nas aulas. E, com isso, dizado é mais subtar

---

---

1 신문 기사
2, **3** 인터넷 기사

과학실에서 본 것!

·····················

　그것은 익숙했지만, 여기 있어서는 안 될 것 같았다.

　과학실에서 어떤 시약과 물품들이 있는지 확인하고 있을 때였다. 한 곳에는 뱀, 쥐, 두꺼비 같은 파충류들이 유리병에 보관되어 있었다. '여기도 이런 게 있구나!' 신기해하며 구경하다가 내 시선은 어느 한 유리병에 멈췄다. 그 유리병 속에는 사람이 있었다.

　책이나 인터넷에서 많이 보던 것이라 눈에 익숙해서 그랬는지 처음에는 대수롭지 않게 생각했다. 그러다 문득 '아! 이거 사람이다!' 누군가의 자식 또는 동생이라는 생각에 소름이 돋았다. '시체를 보면 이런 기분일까?' 나는 어떻게 해야 할지 몰라 혼란스러웠다.

　옆에서 수업 준비를 하던 선생님에게 물었다. 이게 뭐냐고. 그러자 선생님은 브라질에서는 버려진 아이나 뱃속에서 사산된 아이를 부모 동의를 받고 교육용으로 이용한다고 했다. 더 충격적이었던 말은 여기뿐만 아니라 많은 학교에서 이용하고 있다는 말이었는데 그만큼 버려지는 아이가 많다는 의미이기도 했다.

브라질에서 분필을 들다

물론 한국에도 있긴 한데 일반인은 볼 수 없다. 만약 이것이 한국 일반 학교에 있다면 어떨까? 정말 교육적으로 효과가 있을까? 효과가 있을지 아니면 안 좋은 영향을 끼칠지는 모르겠지만, 현재 브라질에서는 죽은 아이를 교육적으로 이용하고 있었다. 한편, 브라질 학생들은 아무렇지도 않게 유리병 아기를 관찰했다.

'도움이 될 수도 있을 것 같기도 하고…'

생명 존중이냐 교육이냐
브라질은 교육을 선택했다.

학교 게시판에 새로운 포스터가 걸렸다.

과학실험대회. 2017년 처음으로 열리는 이 대회는 학생들 몇 명이 한팀이 되어 실험하는 대회다. 마음대로 주제를 정하고 선생님의 도움을 받아서 준비한다. '과연 얼마나 많은 학생이 참여할까?' 하는 걱정과 달리 예선을 치를 정도로 많은 학생이 신청했다. 이 대회 때문에 선생님들은 자주 회의도 했다. 중복되는 주제를 빼고, 총 12개의 팀이 본선에 진출했다.

본선은 토요일 날 열렸다. 심사를 맡은 선생님들은 이론에 대해 얼마나 알고 있는지, 실험을 얼마나 능숙하게 하는지 그리고 얼마나 참신한 지, 이 세 가지를 중점적으로 평가했다. 실험 대회는 학생들이 직접 실험하는 모습을 보여주고 이론 설명까지 해야 했다.

학생들의 실험은 모두 개성이 있었고 수준도 높았다. 그중 담배에 있는 니코틴이 얼마나 해로운지 눈으로 보여주는 실험과 면적에 따른 공기 이동 그리고 전기를 이용해 자석을 만드는 실험이 내 마음속 순위권으로 기대했다. 자기가 맡은 실험에 관해 설명할 때 학생들 눈은 빛나고 있었고 얼마나 많이 연습했는지 선생님들이 기습질문을 해도 당황하지 않고 차분하게 설명을 이어갔다. 심사가 끝나고 순위 발표시간, 담배 실험이 1등 할거란 예상을 빗나가고, 전자석 실험이 1등 했다. 선생님들은 하나같이 몸에 전선을 감고 아이언맨처럼 손을 자석으로 만든 아이디어가 참신했다고 했다.

1등 팀이 불리고, 학생들과 그 팀을 지도한 선생님은 환호했다. 학생을 안는 선생님, 선생님에게 안기는 학생들, 그들의 모습이 아름답게 보였다. 메달과 과학실험대회답게 부상으로 실험복이 증정되었다. 수상하지 못한 학생들 얼굴에는 아쉬운 표정이 역력했지만, 친구들을 축하해주고 고생한 서로에게 손뼉을 쳤다.

쉬는 날에도 불구하고 이날을 위해 준비하고 연습했던 학생들이 대단했다. 오브제치부 학생들이 과학에 얼마나 많은 관심이 있는지 느껴지는 날이었다. 학생들의 열정 때문이었을까?

이날 따라 과학실은 유난히 더웠다.

1 어벤저스 선생님들
2~5 설명하는 학생들
6 기뻐하는 학생
7 과학을 사랑하는 사람들

브라질에서 분필을 들다

'여기도 있네!?'

오브제치부 유치원에서 우리를 초대했다. 학교에서는 우리가 영어 시간에 외국인 역할을 하길 바랐다. 그렇게 한 교실에서 아이들을 기다렸다. 3~4세, 4~5세, 5~6세로 나이가 다른 세 반의 아이들이 차례로 왔다. 유치원에서는 영어 교육도 이뤄지고 있었다. 모든 수업을 영어로 하진 않았지만, 한 수업은 놀이를 통해 영어를 가르쳤다. 그 시간만큼은 아이들 포르투갈어 사용을 엄격하게 지적하고 통제하며 영어로만 말하게 했다. 브라질에와서 학생들과 소통하기 위해 포르투갈어를 섞어 말하는데 익숙했던 나도 아이들처럼 포르투갈어를 사용하지 말라고 몇 번이나 지적받기도 했다.

한 반에는 15명 정도 되는 아이들이 있다. 고학년에 비해서는 적은 수였다. 게다가 각반마다 담당 선생님과 보조선생님이 아이들을 돌보았다. 처음에는 많다고 생각했는데, 아이들이 하는 행동을 보니, 오히려 선생님은 더 필요해 보였다. 어릴수록 신경 써야 하는 부분이 많기 때문이다. 선생님들은 아이들 모두에게 눈을 떼지 않았고 가르치는 것뿐만 아니라 보살펴 주기도 했다. 나중에 알고 보니, 이 모든 관찰하는 것이 학생을 평가하는 과정이라고 했다. 평가는 그 학생이 교실에서 어떻게 지내는지를 기록해 부모님께 보낸다고 했다. 아이들의 성적표에는 점수가 아닌 어떻다는 문장들이 적혀 있었다.

역시 아이들이라 그런지 감정표현에 순수했다. 외국인 등장에 무서운지 아이들은 놀란 눈으로 쳐다보기도 했고, 부끄러운지 다른 친구들 뒤로 숨기도 했다. 이렇게 처음 봤을 때, 어려워했던 아이들은 수업이 끝날 때쯤 괜찮아졌는지 나에게 안기고 말을 걸어 왔다. 더 놀아주지 못해서 아쉬울 뿐이었다. 영어 수업이다 보니 선생님은 나와 아이들이 많은 대화를 하기 원했다. 아이들은 어설픈 영어로 질문하는데, 발음은 나보다 훨씬 좋았다. 책으로만 공부하는 영어보다 실생활에서 사용하며 영어를 익히니 아이들의 장래는 밝아 보였다. 고학년이 될수록 아이들은 더 적극적이었다. 무서워하지도 부끄러워하지도 않고 이사 온 옆집 친구처럼 여러 가지를 물었다. 그리고 몇 분 후, 아이들은 우리를 힘이 센 친구로 생각했는지 자꾸 들어 올려 달라고 하고 놀아달라고 졸랐다. 한 명이 끝나면 다른 아이가 기다리고 있었고, 어느새 우리 앞으로 줄이 만들어졌다. 마치 놀이기구가 된 듯 몇 번을 반복하니, 조금씩 지쳐갔다. 그것을 본 선생님은 아이들을 말렸지만 한 번만 더 해달라고 조르는 아이들을 못 본 체할 수는 없었다.

외국인? 선생님? 아니면 놀이기구?

이날, 아이들 눈에 내 모습이 어떻게 비쳤는지는 모르겠지만, 아이들의 순수한 웃음을 보고 즐거워하는 모습에 어떤 역할이든 상관이 없었다.

아이들 덕에 즐거운 하루가 되었으니 말이다.

1 어린 꿈나무들
2 놀이 중인 아이들
3 웃음이 예쁜 아이들
4 공부해야지!?

브라질에서 분필을 들다

브라질 시험과 대학

....

"넌 대학교 어디 가고 싶니?"

동양인처럼 보이는 학생이 벤치에서 쉬고 있었다. 반가운 마음에 물어보
니, 부모님이 일본인이라고 했다. 이렇게 브라질에는 일본 계열뿐만 아니
라, 다양한 인종이 있었다. 이 학생은 고등학교를 이미 졸업하고 대입을 준
비하는 학생이자, 한국으로 치면 재수생이었다.

브라질에서 대학에 가기 위해서는 시험을 봐야 한다. 그 시험은 '에넹
ENEM'과 '베스치불라르VESTIVULAR'로 두 가지가 있다. 한국과 비교하자면 에
넹은 국가에서 준비하는 수능에 가깝고, 베스치불라르는 대학교 입학시험
과 비슷하다. 시험 주체가 다른 것이 큰 차이점이다.

특히 에넹 시험 점수는 세 가지로 이용할 수 있다. 국공립대학교에 지원
하는 점수는 '에넹 sisu', 장학금을 받고 사립학교 지원하는 점수는 '에넹
proni', 그리고 학자금대출로 사립학교에 지원하는 점수는 '에넹 fies'라고
부른다. 즉, 에넹 시험은 국립과 사립대학교에 모두 지원이 가능했다. 우스
피USP, 우니깜피UNICAMP, 우네스피UNESP 학교는 한국의 스카이에 버금가는

학교다. 이 학교들은 모두 브라질에서 인정받는 국립주립대학교인데, 이 학교들은 고등학교 검정고시 수준의 에넹으로는 원하는 인재를 뽑지 못한다며, 자체 시험인 베스치불라르로 학생들을 선발한다.

현재 브라질 정부에서는 대학교 입학시험을 모두 에넹으로 통합하려는 움직임이 있지만, 시행될 가능성은 낮다고 한다. 입학생들의 수준도 이유지만, 또 다른 이유는 한 번 시험 보는데 200~300헤알, 우리 돈 약 10만 원이 넘는 수입 때문이라고 사람들은 말한다. 베스치불라르는 에넹과 다른 시험이라 일정도 학교 재량이다. 보통은 에넹과 같은 날 시험 보나 다른 날 시험 보는 이유는 많은 수험생을 유치하기 위함이라고 했다.

대부분 학생은 에넹을 준비하고 그 점수에 맞춰 대학교에 진학하지만, 우스피, 우니깜피, 우네스피 같은 좋은 대학교에 목표를 둔 학생들은 그 학교 시험인 베스치불라르를 준비한다. 또한, 각 과마다 시험도 달라서 가고자 하는 과를 먼저 정하고 준비해야 한다. 과를 정할 때는 매우 신중해야 한다. 만약 떨어지면 다른 곳을 지원할 수 없어, 재수해야 하기 때문이다.

대학교 1년 학비는 12개월로 나누어 방학과 상관없이 매달 수업료를 지불해야 한다. 이렇게 나눠 내면 8.3% 약 한 달 치의 수수료가 붙는 학교도 있다. 참고로 브라질에서 일반 사립 의과대학의 경우 6,000~7,000헤알, 우리 돈 230만 원 정도를 매달 내야 한다. 이곳도 장학금이 있지만, 규모가 크지 않아 많은 학생에게 돌아가지 못한다. 특히 우스피(쌍파울루 주립 대학

교)는 한국의 서울대학교와 비슷한 수준에 학비가 무료이기 때문에 인기가
높다.

"저는 우스피 의과대학에 가고 싶어요!" 하고 말했다. 가기 전 인사하려
고 잡은 학생의 손은 따뜻했고 교실로 돌아가는 뒷모습은 간절해 보였다.
꼭 원하는 곳에 가서 열심히 하는 사람이 되었으면 하고 바랐다.

잡았던 손만큼이나 따뜻한 의사가 되었으면.
응원한다!

"오늘은 윈도우 스케줄이야!"

징검다리 스케줄이라고도 하는 이 단어는 수업과 다음 수업 사이에 쉬는 시간이 있다는 의미다. 이날은 파트리샤 선생님을 따라 과루자에 있는 학교로 갔다. 선생님은 이 시간에 보통, 해변에서 책을 읽는다고 했다. 과루자 해변은 파도가 높아 서핑 장소로 유명한 곳이다. 파트리샤 선생님은 멋진 해변을 보여주겠다며 따라오라고 했다. 이미 차에는 간이 의자 2개가 준비되어 있었다. 선생님은 수영복으로 갈아입고 의자를 들었다.

선생님의 다른 손에는 가방이 있어, 내가 의자를 들어주려고 했다. 그러자 선생님은 "나도 들 수 있다"며 "제발"이라는 말을 덧붙였다. 도와주겠다고 한 말이 민망해지는 순간이었다. 나는 무거운 것은 남자가 들거나 여자를 도와주는 것이 기본적인 매너라고 생각했다. 그러나 브라질 사람들은 내가 할 수 있는 일을 다른 사람의 도움을 받으면, 자신의 무능력을 드러내는 것으로 생각했다. 결국 사이 좋게 의자 하나씩 들고 해변으로 갔다.

뜨거운 햇볕 아래 선크림만 바르고 한쪽에 자리 잡았다. 보통 이런 시간에 한국에서는 쪽잠을 자거나 인터넷 서핑을 하는 거에 비교하면 상상할 수 없는 시간이었다. 쉬는 시간에 해변에서 태닝을 하다니 나에겐 특별한 휴가와 다름없었다. 파트리샤 선생님은 방학 때마다 여행을 갈 만큼 여행 마니아였다. 이번 방학 때도 스페인으로 여행을 갈 거라며 기대하고 있었다. 이런저런 이야길 나누다 보니 금세 학교로 돌아갈 시간이 되었다.

아주 좋은 곳에서 아주 잘 쉬었으면 개운해야 하는데 이상하게 돌아가는 발걸음이 무겁게 느껴졌다. 내 몸은 더 있고 싶어 했던 것 같다.

정신 차려
수업해야지!

1 과루자 오브제치부
2 과루자 해변
3 화려한 휴식

브라질에서 분필을 들다

지겨운 시험

또!?

시험 본 지 얼마나 됐다고 또 시험이란다.

오브제치부 학교에는 많은 시험이 있었다. 학기 시작 할 때는 잘 알고 있는지, 학기가 끝날 때는 잘 배웠는지 확인했고, 그 밖에도 모의고사 두 번과 시험점수가 좋지 않은 학생들만 보는 시험도 있다. 학생들은 한 학기에 최소 3번 이상 시험을 본다. 1년에 4학기가 있으니, 최소 12번 많게는 17번의 시험을 치렀다.

한국에서 시험은 추가 근무로 연결되어 선생님들에게도 부담된다. 그러나 오브제치부 학교에는 시험 부서가 따로 존재한다. 모든 시험이 그곳에서 만들어진다. 한국 시험 점수와 가장 큰 차이는 대학 갈 때 직접적인 영향이 없다는 것이다. 시험 점수는 단지 다음 학년으로 올라가는 데 필요한 정보였다. 하지만 학생들에겐 매년 받아야 하는 최소한의 점수가 있었고 그 점수가 미달하면 그 학생은 유급되었다. 학교에서는 이런 학생들을 줄이려 하다 보니 시험이 많을 수밖에 없었다.

1 ~ 4 시험 보는 학생들
5 고민하는 학생
6, 7 시험 보는 명단 & 감독하는 모니터

브라질에서 분필을 들다

사진 찍자

학생 한 명씩 사진 찍는 것.
외국에서 이별할 때마다 하는 것이다.

한국 사람과 브라질 사람. 이 프로그램이 끝나면 다시는 못 볼지도 모른다. 다시 브라질에 올 수 있을까? 학생들이 한국에 오지 않는 이상 그리고 설령 오더라도 다시 보기는 힘들 것이다. 어쩌면 평생 못 볼지도 모른다. 학생들도 그리고 나도 잊거나 잊히고 싶지 않았다. 기억하는데 가장 좋은 건 사진이라는 생각에 스와질란드에서 한 명씩 사진을 찍었던 것이 외국에서 이별할 때 내가 주는 마지막 선물이 되었다.

떠나기 한 달 전부터 사진을 찍기 시작했다. 예상치 못한 일들에 이 주일도 부족했던 적이 있어, 이번엔 시간상으로 여유를 두었다. 하루에 한 반씩 쉬는 시간, 30분 이내로 모두 끝내려 했지만, 역시 마음대로 되지는 않았다. 여전히 이해하기 힘든 이유로 학교에 오지 않는 학생들과 찍기 싫어하는 학생들도 있어 모두 사진찍기까지 한 달 넘게 걸렸다.

◆ 브라질에 소중한 인연들

누가 보면 사진 찍는 거 참 좋아한다고 생각할 정도로 매일 카메라를 들고 다녔다. 학생들뿐만 아니라 선생님과 직원들과도 사진을 찍으며 내가 그들에게 좋은 추억이 되었으면 하고 바랐다.

"이제 저는 조금 있으면 갑니다. 어쩌면 평생 못 볼 수도 있죠. 그래서 저는 여러분께 사진을 주고 싶습니다. 잊지 않고 잊히지 않기 위해서입니다. 브라질에서 여러분과 함께해서 행복했습니다. 감사합니다."

사진을 찍을 때마다 했던 작별 인사다. 그 이후로도 자주 모습을 보여서 민망했지만, 뭐 어때!?

그동안 즐거웠고, 감사했습니다.

드디어 사진이 인화되었다. 사람들에게 전달하던 중, 한 사람의 표현에 가슴이 먹먹해졌다. 그녀는 학교에서 청소하는 일을 했다. 사진을 받은 그녀는 무언가 망설이는 눈치였다. 그리고 나에게 조심스럽게 돈을 얼마나 줘야 하는지 물었다. 공짜라고 하니 고맙다며 나를 끌어안고 진짜로 볼키스를 했다. 그때 본 그녀의 눈은 눈시울이 붉어져 있었고, 울먹이는 듯했다. 이런 사진을 처음 받아보는지 아니면 돈 때문에 부담을 가지고 있었는지 그녀의 표현에 나도 모르게 울컥해졌다.

이렇게나 좋아해 주어서 다행이었고, 감사했다.

1. 2 사진을 찍고 단체 사진
3. 4 인증샷
5 사진의 의미

브라질에서 분필을 들다

안녕
....

'안녕은 영원한 헤어짐은 아니겠지요,

다시 만나기 위한 약속일 거야.'

015B의 노래처럼 지금 이별은 언젠가 다시 만나자는 약속이 되겠지? 약속했던 시간이 모두 지나고 돌아갈 날이 다가왔다. 학교는 다시 내가 처음 왔을 때 모습으로 변해가고 있었다. 그 냄새, 그 온도 그리고 그 비, 모두 나와 함께 있었던 것들이다. 그동안 익숙해져 있었고, 항상 내가 볼 수 있을 거로 생각해서 자세히 보지도 생각하지도 않았다.

'여기, 다시 올 수 있을까?' 지금 이 순간이 마지막이 될지도 모른다는 생각에 주위에 익숙했던 것들이 다시 새롭게 보였다. 학교, 해변, 그리고 사람들 늘 같은 곳에 같은 일을 하며 있었는데, 이 답답한 느낌은 뭘까? 그때도 분명 최선을 다했을 거고, 충분히 즐겼을 텐데, 더 잘할걸, 더 자주 볼 걸 하는 생각은 왜 자꾸만 드는 걸까?

떠나기 며칠 전부터 학생들과 선생님들 그리고 내가 만났던 모든 사람과 작별인사를 했다. 빨리 이날만을 오길 바랐는데, 정말 이날이 오니 발걸음이 떨어지지 않았다. 아쉽다는 느낌을 떨쳐버릴 수 없었다. 마지막 날, 해변에는 여전히 파도가 치고, 사람들은 운동하고 있었고, 데이트하고 있었다. 내가 떠나도 모든 것은 똑같을 것이다. 아니, 그래야만 한다. 그래야 먼 훗날, 내가 다시 왔을 때, 서른 살의 나를 발견할 수 있을 테니깐. 마지막으로 나를 배웅해 준 학교 경비원, 삼십 킬로가 넘는 짐을 들어주며, 조심히 가라고 인사하는데, 고맙기도 하고 그동안 이야기를 많이 나누지 못해서 미안했다. 진한 포옹을 하고 택시를 탔다. 더 있을수록 아쉬운 생각만 남을 것 같아 걸음을 재촉했다.

싼토스를 뒤로하고 공항으로 달렸다. 익숙했던 삶은 잠시 잊고 살아가겠지만, 언제나 마음속 서랍장 어딘가에 있을 것이다. 그리고 언젠가 다시 서랍장을 열었을 때, 서른 살 그때 그 시절로 돌아갈 생각에 벌써부터 가슴이 벅차오른다.

안녕… 브라질
그리고 서른 살, 안태수

브라질에서 분필을 들다

1 마지막 날 해변
2 배웅해 준 경비원
3 럭셔리 파티

Chapter 03

「 브라질 여행 」

여행하다 보면 준비가 되지 않은 곳에서 나오는 재미가 있다. 빠라찌가 그랬다. 관광객에게 많이 알려지지 않은 작은 마을, 빠라찌Paraty 매력에 빠졌다.

"여기, 한 번 가볼까?" 하고, 고민하지도 않고 바로 버스표를 샀다. 빠라찌는 쌍파울루와 히우 사이에 있다. 마침 까나바우 기간이라 버스는 새벽 시간대(11시~5시)만 남아 있었는데, 숙박비와 시간을 아낄 수 있어서 좋았다. 시외버스 좌석은 뒤로 많이 젖힐 수 있어서 자는 데 최적화되어 있다. 곧바로 잠을 자려 했지만 길이 워낙 험해서 왼쪽으로 가는지 오른쪽으로 가는지를 온몸으로 느껴야 했다. 밤새워 뒤척이다 보니 어느새 빠라찌에 도착했다. 높은 빌딩과 큰 터미널은 사라지고, 낮은 건물과 작은 터미널이 있는 조용한 시골 마을이었다.

해가 뜨지 않은 빠라찌 하늘은 붉었다.
그런 하늘을 보며 조금 걷다 보니 해변이 보였다.

1 나만 알고 싶었던 해변
2 해 뜨기 직전 어느 한 해변

해가 뜨기 전, 핑크빛 하늘과 구름과 바다가 뒤섞인 모습은 나를 바쁘게 했다. '이건 남겨야 해!' 하며, 사진을 찍어 댔다. 그리고 해변 한쪽에 자리 잡고 해 뜨는 것을 바라봤다. 잔잔했던 바닷물은 찰싹거리고 기지개 켜는 것 같은 갈매기 소리에 마음은 편안해졌다. 한 50년 후, 과거를 추억할 때 이런 해변에 있으면 좋을 것 같았다. 먼 미래를 그리며 해변에서 편안한 여유를 즐겼다.

얼마쯤 지났을까, 해와 눈이 마주쳤다. 또 오래 앉아 있었던 탓에 다리가 저리기도 해서 다시 시내로 갔다. 너무 이른 아침이라 도시는 아직도 조용했다. 딱히 갈 곳이 없어 숙소 앞에서 기다렸다. 운 좋게 퇴실하는 사람들과 마주쳐 호스텔로 들어갈 수 있었다. 호스텔 주인은 내가 안쓰러워 보였는지 아침을 주었다. 그리고 식당에서 만난 한국인 여행자와 빠라찌에서 동행하게 되었다.

빠라찌는 해변 도시라 근처 여러 섬에서 수영하는 보트 투어가 유명하다. 아무런 계획이 없던 우리는 잠시 눈빛을 교환하고, 보트 투어를 신청했다. 보트를 타고 바다를 가르는데, 뜨거운 태양에 불어오는 바람도 뜨거웠다. 빨리 물에 들어가고 싶었다. 대서양 바닷물은 에메랄드 빛이 났다. 눈부시게 아름다운 색깔에 달콤한 멜론 맛이 날 것 같았지만, 눈물 콧물이 다 나왔던 지독한 짠맛이었다. 이날 들렀던 섬들은 어느 한 영화에서 나올 법한 비밀의 섬, 사람의 손길이 닿지 않은 무인도처럼 아름다워 오래 머물고 싶었다. 이상하게 시간은 평소보다 빠르게 느껴졌다. 모든 것이 아름답게 보이고 시간이 더 빨리 가는 것처럼 느껴지는 것이 계획에 없던 여행이 주는 선물이었나 보다.

해 질 무렵, 바다 가운데로 길이 열렸다. 지금이 아니면 평생 기회가 없을 것 같다는 생각에 바다로 걸었다. 양옆에서 파도치는 것을 보니 마치 바다를 가르는 기분이었다. 한참을 걸어가도 깊어지지 않는 바다가 신기해 바다 한가운데에서 한참을 서 있었다.

저녁의 빠라찌는 낮과는 다른 매력이 있었다. 주황빛 조명 아래 울퉁불퉁 돌길을 걸었다. 그 옆에 있는 단정한 음식점들, 소박한 상점들, 잔잔한 음악들에 도시는 아늑했다. 사랑하는 사람과 함께 걸어야 할 것 같은 분위기였다. 즐거운 속삭임과 지긋이 손을 잡고 한 걸음씩 천천히.

빠라찌는 잘 정리되어 있던 깔끔한 벽들, 거인이 사는 듯한 커다란 문들, 나에게 눈높이를 맞춰주는 것 같던 낮은 건물들과 편안했던 거리로 기억에 남았다. 이곳은 내가 그동안 지냈던 사람들이 붐비고 정신없는 브라질이 아니었다.

나에게 빠라찌는

사막 한가운데 있는 오아시스다.

1. 2 거인들의 도시 같던 한 골목 & 바다를 걷다
3 시내에 사람들
4 빠라찌의 밤거리
5 길거리 과일 장수
6 운행을 준비하는 택시

1 해뜨기 전 해변은 사진 찍기 좋다.

2 해 질 녘에는 시내 투어가 좋다.

3 마을이 작아 터미널과 해변, 마트는 걸어갈 수 있다.

4 보트 투어 할 때는 '까이삐링야'가 무한으로 제공된다.

5 보트 투어 할 때는 배가 심하게 흔들리니 소지품 보관을 잘해야 한다.

'브라질' 하면 바로 떠오르는 곳. 이곳에 오지 않았다면 브라질에 온 것이 아니라고 할 정도로 브라질에서 가장 유명한 여행지, 히우지자네이루Rio de janeiro다. '리오' 또는 '리우 데 자네이루'가 더 친숙하게 들리겠지만, 브라질에서는 '히우지자네이루'로 발음한다. 죽기 전에 꼭 가봐야 하는 명성에 걸맞게 전 세계에서 많은 사람이 오는 여행지다.

히우는 세계적인 명소답게 볼 것이 많다. 대표적으로 다섯 가지가 있는데 첫 번째는 브라질에서 가장 유명한 예수상이다. '코르코바도'라는 산꼭대기에 있어 예수상뿐만 아니라 히우 시내를 전체적으로 볼 수 있는 곳이다. 히우-올림픽이 열렸을 때 텔레비전에 자주 나오기도 했다. 다음은 빵산으로 알려진 빵 지 아수까르Pão de açúcar다. 해 질 녘 이곳에서 바라보는 예수상과 히우 시내가 또 다른 장관이다. 세 번째는 코파카바나Copacabana &이파네마Ipanema 해변이다. 큰 파도와 함께 서핑을 즐길 수 있고 해변에서 자유롭게 노는 사람들을 보기만 해도 시원해지는 곳이다. 네 번째는 파벨라Favela투어이다. 파벨라는 브라질 빈민촌이다. 파벨라 대부분은 위험하지만, 파벨라 출신 사람들이 가이드를 하며 새로운 관광지로 떠오르고 있다. 마지막으로 히우 시내에는 세계에서 제일 못생겼다는 건물, 특이한 모양의 메트로폴리탄 성당, 라파 지역에 수도교, 눈부신 셀라론 계단, 쌍바드로무 등 다양한 볼거리가 있었다.

소개한 곳 말고도 히우에는 아름다운 곳이 많지만, 안타깝게도 안전하지 않기에 구석구석 마음껏 누빌 수는 없다. 특히, 파벨라들 중 외부에 공개되지 않는 곳은 경찰들도 살아서 돌아올 수 없을 정도로 매우 위험하다고 한다. 만약 이런 곳에 여행객이 들어간다면 목숨을 장담하지 못한다.

히우 여행 중 두 번이나 생명에 위협을 느꼈다. 첫 번째 사건은 호스텔로 가던 중에 일어났다. 그때 호스텔은 터미널과 멀리 떨어지지 않아 차비도 아낄 겸 히우도 느낄 겸, 나와 오쌤은 걸어가기로 했다. 핸드폰이 안내해 주는 길로 걸어가는데 점점 좁아지는 골목과 허름해지는 건물을 보고 전에 했던 파벨라투어가 생각났다. 괜히 반가워 사진을 찍으며 걸어가는데, 누군가가 골목 끝에서 "No, photo!"라고 외쳤다. 느낌이 이상해 카메라를 가방에 넣었다. 그 남자는 이리 오라고 손짓했다. 천천히 그에게 다가갔다. 조금씩 거리가 가까워지니, 그 남자 어깨에 총이 보였다. 게다가 그 뒤로 총을 멘 사람이 두 명이나 더 있었다. 도망쳐야 했다. 하지만 갑자기 도망가면 뒤에서 무슨 짓을 할지 몰라 천천히 앞으로 갈 수 밖에 없었다. 잠시 그 남자들이 서로 이야기 하느라 한눈을 파는 순간, 나와 오쌤은 재빨리 골목 입구로 나왔다. 그리고 도망가려던 찰 나, "Hey!" 하는 소리에 나도 모르게 뒤를 돌아보았다. 이때 본 것은 아직도 잊히지 않는다. 한 남자가 나를 총으로 겨누고 있었다. 영화나 게임에서만 보던 것이라 현실인지 믿어지지 않았다. 이내 정신을 차리고 몸을 숙였다. 다행히도 좁은 골목 덕분에 빠르게 시야에서 사라질 수 있었다. '여기서 죽을지도 모른다'는 생각에 뒤돌아보지 않고 달렸다. 큰 길이 보일 때까지 숨이 차오르는 것도 모른 채 달리고 또 달렸다. 큰길에 교통 단속하는 경찰이 보였다. 그에게 자초지종을 설명했는데 그 지역은 위험하니 가지 말라는 말만 돌아올 뿐이었다. 호스텔에 도착하고도 진정되지 않았다. 호스텔 직원도 그 지역은 주로 마약 거래가 이뤄지는 곳이고, 마피아들이 자주 출몰해서 위험하다고 했다. '만약 내가 그때 골목 끝까지 갔더라면 그리고 그 사람들에게 붙잡혔더라면' 하는 생각에 아직도 심장이 떨린다.

두 번째 사건은 라파 지역 수도교에 있을 때 일어났다. 그 당시, 까나바우 기간이라 광장에는 많은 사람이 있었는데도 강도를 당할 뻔했다. 나와 오쌤을 포함해 한국인 4명과 현지인 3명이 광장 한쪽에서 분장하고 있었다. 어느 순간 우리 주위로 십 대로 보이는 아이들이 둘러싼 것을 알아차렸다. 인사를 건네도 그들은 고개를 돌려 피하거나 나와 눈을 맞추려고 하지 않았다. 이상한 느낌에 다른 곳으로 가려던 순간, 뒤에서 비명이 들렸다. 오쌤은 뒤로 넘어져 있었고 아이들이 오쌤의 크로스백을 당기고 있었다. 그것을 보자마자 나는 크로스백을 반대쪽으로 당겼다. 누가 보면 가방으로 줄다리기한다고 생각했을 정도로 팽팽했다. 갑자기 그 순간, 이번엔 다른 아이가 내 가방을 노렸다. 그러나 다행히도 그의 손에서 미끄러져 가방을 지킬 수 있었다. 필사적으로 오쌤 가방을 잡은 채로 저항하고 많은 사람의 시선이 집중되니, 결국 그들은 포기하고 다른 곳으로 갔다. 현지인을 포함한 7명이나 되는 일행이 있어도, 광장에 많은 사람이 있어도 안전하지 않았다. 어디도 안전하지 않다는 생각은 나를 무섭게 만들었다. 강도를 당하고 있을 때 아무도 도와주지 않아 원망했는데, 그들은 마피아일 수도 있고 언제든 보복할 수 있어 주민들은 섣불리 도와줄 수 없던 것이었다.

숙소에서 '어디서부터 잘못됐을까?' 하고 이야기해보니 문제는 오쌤이 들고 있던 삼각대였다. 그것을 한 아이가 보고 친구들을 불러와 이런 짓을 벌인 것이다. 오쌤은 표적이었던 것이다. 참고로 아시아인이고 비싼 물건이 몸에 보이면 거의 표적이 된다고 한다.

이렇게 히우에서는 검증되지 않은 장소를 가거나, 사람이 많은 곳이라 하더라도 비싸 보이는 물건을 내놓고 걷는 것은 위험하다. 혹시, 히우 여행을 계획하고 있다면 참고해서 안전한 여행이 되었으면 한다.

위험한 도시임에도 불구하고 히우는 많은 관광객이 찾을 만큼 아름다운 도시는 분명했다. 더 오래 천천히 느끼고 싶었지만, 도시의 위험한 분위기에 그럴 수 없었다. 돌아가는 버스 안에서 얼마나 안도의 한숨을 내쉬었는지 모른다. 히우에서 멋진 것을 봐서 좋았는데 그 감동을 추억하는 것이 아닌 아무 일이 없어서 다행이라고 생각하는 것이 아쉬웠던 여행이었다.

알아두면 좋은 TIP

1 지하철과 버스 택시 등 대중교통은 생각보다 안전하다.

2 되도록 카메라(삼각대 포함)를 보이지 않는 것이 좋다.

3 예수상을 올라가는 방법은 도보, 트렘, 벤이 있다.

4 빵산에서 예수상을 찍는 것도 예쁘다.

5 날씨 때문에 예수상을 보기는 쉽지 않다.

6 빵산은 케이블카를 총 4번 타야 한다.

7 해변에서 슬리퍼도 조심해야 한다.

8 해변에는 게이와 레즈비언이 많다.

9 호싱야Rocinha라는 파벨라는 떠오르는 관광지다.

10 코파카바나와 이파네마 해변에 있는 숙소가 안전한 편이다.

1. 2 히우의 상징 예수상 & 빵상에서 바라본 시내
3. 4 이파네마 해변 & 파벨라
5. 6 메타폴리나 성당 & 라파 수도교
7~9 셀라론 계단 & 마라카낭 경기장 & 특이한 건물

브라질에서 분필을 들다

지구의 허파 "마나우스"

··

마나우스는 아마조나스Amazonas 주의 주도임과 동시에 브라질에서 아마존을 갈 수 있는 가장 가까운 도시다. 버스로 가기엔 교통편이 좋지 않아 비행기를 타는 것이 효율적이다. 하늘에서 바라본 아마조나스 땅은 대부분 초록색이었다. 그만큼 나무는 빽빽하게 있었고 도로는 보이지도 않았다. 나는 지구의 허파 위로 날아가고 있었다.

아마존 정글은 가이드 없이 갈 수 없어서 시내에는 많은 투어사들이 경쟁한다. 아마존 투어는 크게 세 가지로 나눌 수 있다. 첫 번째는 'Day Tour', 말 그대로 하루 동안 아마존 체험을 하는 것이다. 주요 포인트들만 가기 때문에 시간이 없는 사람들에게 딱 맞는 투어다. 두 번째 'Amazon Tour'는 깊숙한 아마존에 있는 베이스캠프에서 최소 하루부터 원하는 만큼 머물면서 더욱더 진하고 깊은 정글을 느낄 수 있다. 가장 많은 사람이 하는 투어기도 하다. 마지막은 'Survival Tour'다. 최소한의 생존 물품만 가지고 가이드와 함께 최소 5박, 최대 4명이 정글에서 생존하는 투어다. TV 프로그램 '정글의 법칙'과 똑같다고 생각해도 된다.

비행기에서 내리고 호스텔에 어떻게 갈까 생각하는데 누군가 내게 말을 걸어왔다. 투어 가이드였다. 평소에는 무시하지만, 어차피 여행사를 알아봐야 했기 때문에 가격이나 들어보자는 생각으로 이야기를 들었다. 때마침 지나가던 일본인 할아버지도 함께했다.

우연히도 그 할아버지와 같은 숙소였다. 할아버지는 74세로 6개월째 혼자 남미를 여행하는 중이라고 하셨다. 20~30대도 두려워하는 남미 여행을 작은 몸과 커다란 가방 두 개를 들고 다니는 할아버지가 대단했다. 할아버지는 몇 년 전까지 반도체 기술자였고, 많은 나라에서 파견 근무를 했는데 당시에는 일에 치여 그 나라를 제대로 즐기지 못한 것이 한이 되었다고 했다. 그렇게 할아버지는 직장을 그만두고 여행을 왔다고 했다. '과연 나라면 그럴 수 있었을까?'

그렇게 할아버지와 아마존 모든 일정을 동행하게 되었다. Day tour에는 다른 색깔의 강이 만나는 것을 보고, 수상 마을 투어를 하고, 정글에서 점심을 먹고, 핑크 돌고래 '보뚜'와 수영하고, 원주민들도 만났다. 아마존 강 너비는 최소 6km에서 넓은 곳은 15km가 넘는 곳도 있다고 한다. 직접 본 아마존 강은 바다로 착각할 만큼 크고 넓었다. 페루에서 오는 갈색 솔리모에스 강Rio Solimões과 콜롬비아에서 오는 검은색 네그로 강Rio Negro이 합쳐져 생긴 강이 브라질 아마존 강이다. 물 온도와 성분 차이 때문에 두 강은 바로 섞이지 않고 경계선을 이루며 흘러간다. 이곳 사람들은 확연한 색깔차이에 커피Café와 까페라떼Café com leite의 만남이라고 표현했다. 건기와 우기 때 물이 차이가 크기 때문에 아마존 강 주변은 땅이 물속이 되기도 물속은 다시 땅이 되기도 했다. 때문에, 이곳 사람들은 자동차 대신 카누를 이용했고, 걷기 대신 수영을 했다. 나무들 사이로 노를 저어서 다니는 아이들을 보니 그제야 내가 지금 아마존에 있다는 것을 실감했다. 수상 마을은 도심에서 전기세, 수도세를 낼 수 없을 정도로 가난한 사람들이 살았다. 이들은 평소 과일을 따 먹고 물고기를 잡아먹으며 사는데, 성수기에는 관광객들이 쓰는 돈으로 생계를 이어 나간다고 한다. 관광객들이 오면 원주민들은 애완동물인 나무늘보, 악어, 아나콘다를 들고 나와 사진을 찍게 하고 돈을 받는다. 관광객들이 기념품은 잘 사지 않고 사진만 찍고 간다는 것을 원주민들은 알고 있었다. 씁쓸했지만, '인증샷'이라는 시대에 딱 맞는 관광상품이었다.

베이스 캠프에서 지내는 Amazon tour는 차로 선착장까지 가고 보트로 강을 건너고 다시 차로 갈아타 1시간 정도, 다시 보트를 타고 1시간 정도를 가야 도착할 만큼 먼 곳에 있었다. 현대 기술의 발달로 베이스캠프에도 전기가 들어왔지만, 전화 신호도 잡히지 않는 깊숙한 아마존이었다. 이 지역은 건기와 우기 때의 강물 높이가 13m 정도 차이 난다고 했다. 4월의 아마존은 우기에 속해 있어 하루에 한 번은 비가 왔다. 우비를 입고 있어도 다 젖어버릴 만큼 강한 비였다. 그 비에 나무들은 다시 물 아래로 잠겼고, 땅은 사라졌다. 보트를 타고 지나는 곳이 원래 땅이라는 생각과 강물 아래로 보이는 나무들에 마치 공중에서 보트를 타는 것만 같았다.

　어쩌다 밟는 땅은 건기 때는 산꼭대기였다. 혼자였다면 길을 잃어버릴 만큼 풀과 나무들이 빽빽하게 자라 있는 모습이 가히 지구의 허파라고 불릴 만도 했다. 숲에서 보이는 새들은 모두 이름이 있을 만큼 다양한 새들이 있었고, 다양한 풀과 나무들, 고요한 숲의 적막을 깨는 원숭이와 악어들, 곤충들까지 아마존에는 셀 수 없이 많은 생명체가 살고 있었다.

　온종일 배를 타고 돌아다니며 아마존을 느꼈다. 낚시로 잡은 피라냐는 갈치와 비슷한 맛이 났다. 식인 물고기로 알고 있던 피라냐는 자신을 위협하거나 어지간히 배가 고프지 않으면 자기보다 큰 생물을 물지 않는다고 했다. 내가 갔던 시기에는 물이 많고 먹이도 풍부해 피라냐가 있는 곳에서 짜릿한 수영을 하기도 했다. 아마존에서 카이만(악어)을 직접 만져보기도, 정글에서 하룻밤을 보내기도, 코코넛 애벌레를 먹기도 고무나무로 천연 콘돔을 만들기도 하며 아마존에서 지냈던 시간은 모두 소중한 추억이 되었다. 정글에서 세 밤이 지나고 떠나는 날, 정든 가이드와 식당 이모 그리고 많은 여행객과 작별했다. 현대 문명과 단절된 곳에서 삼 일을 보내서인지 함께 아마존에서 함께한 사람들과는 더 애틋하게 느껴졌다. 시내에 다다랐을 때는 정글에서 살아왔다는 생각에, 나는 전쟁터에서 크게 승리하고 돌아오는 것처럼 의기양양했다.

　지구의 허파라 불리는 아마존, 그 중심에 있던 마나우스. 오기 전에는 산과 나무들과 조화를 이룬 친환경 도시일 거로 생각했는데, 이곳도 다른 도시들과 마찬가지로 빌딩과 차들이 많이 있었다. 도시에서 가장 유명한 곳은 아마조나스 극장으로, 오페라 공연장이다. 잘 다듬어진 담벼락과 은은한 색깔로 많은 관광객이 사진을 찍는 명소이기도 했다. 마나우스를 떠나는 날, 이 극장 앞에서 아마존에서 함께 했던 사람들을 다시 만났다. 정글에서 보냈던 시간을 추억하며, 나는 다시 일상으로 돌아갈 준비를 했다.

알아두면 좋은 TIP

1 숙소는 최대한 시내와 가까운 것이 좋다.

2 아마존 투어 가격은 대부분 비슷하다.

3 한꺼번에 예약하면 싸다. (데이 투어+아마존 투어)

4 아마존 투어는 2박 3일이 적당하다.

5 곤충 퇴치약은 필수다.

6 4월의 아마존은 비가 많이 오고 시원하다.

7 아마존 개미에 물리면 아프다.

8 협상을 잘하면 여행사에서 공항까지 데려다 준다.

9 시내 투어는 하루면 된다.

10 시내에서 공항까지 차로 15분 걸린다.

브라질에서 분필을 들다

1, 2, 3 아마존 정글로! & 핑크 돌고래와 & 아메리카노와 카페라떼의 만남
4 오페라 하우스
5 인디언 꼬마들과
6, 7 아마존 정글 나무 사이로 & 숲으로
8, 9, 10 아마존 연꽃 & 아마존 인디언들과! & 해먹에서

미국 나이아가라 폭포
짐바브웨 빅토리아 폭포
그리고 브라질 이구아수 폭포.

이 폭포들은 웅장하다고 소문난 세계 3대 폭포다. 동시에 이구아수 폭포는 브라질, 아르헨티나 그리고 파라과이 세 나라를 나누는 경계이기도 하다. 히우 다음으로 브라질에 대표적인 관광지 중 하나로 남미 여행자들이 꼭 들르는 장소다. 이구아수 폭포는 평균 높이가 70m(아파트 25층 높이), 폭포 총 길이는 4km가 넘는 거대한 폭포다. 시기에 따라 물줄기는 150~300개로 늘어난다고 한다.

이구아수 폭포를 보려면 먼저 포즈 두 이구아수Foz do iguaçu라는 마을에 가야 한다. 이 마을은 쌍파울루에서 비행기로 1시간 반, 버스로 17시간 정도 걸린다. 오랜 시간 버스에서 다른 승객과 이야기를 나누다 보면 어느새 폭포를 같이 볼 친구가 생긴다. 이구아수 시내에는 아파트보다 정원이 있는 주택이 많았다. 높은 담벼락과 날카로운 철조망이 동네 분위기를 말해주었다. 다행히 게스트 하우스 직원은 히우보다는 위험하지 않다고 했다. 히우에서 위험한 순간을 겪고 난 후로 어떤 마을에 도착해서 내가 제일 먼저 묻는 말은 "여기 안전해요?"였다. 대부분 안전하다고 했지만, 그 말을 들으면 안심이 되었다. 그렇다고 완전히 경계를 풀 수는 없었지만.

이구아수 폭포는 브라질과 아르헨티나에 있는 이구아수 국립공원에서 볼 수 있다. 버스를 타고 가는 것이 가장 저렴한 방법이다. 두 나라 중에 나는 먼저 브라질에서 이구아수를 보기로 했다.

그 날 따라 유난히 파랬던 하늘과 따스했던 햇볕 그리고 선선한 바람에 나는 마치 봄날에 한가운데 있는 것처럼 설렜다. 날씨를 만끽하며 기다리는 버스는 이상할 만큼 오지 않았다. 주변 가게에서 물어보니, 하필 버스가 파업한 날이었다. 마침 옆에 있던 관광객 두 명과 함께 택시를 타려고 기다리는데, 차를 타고 지나가던 아주머니가 목적지까지 데려다 주겠다며 멈춰 섰다. 보통 이런 경우는 생각이 많아진다. 정말 친절을 베풀어 주는 것일 수도 있지만, 내릴 때 터무니없는 돈을 요구하거나 정말 운이 나쁘면 납치될 수 있기 때문이다. '우리는 3명인데 설마 별일 있겠어?'는 생각으로 차에 탔다. 아주머니는 과거에 여행사에서 일했는데, 여행자들을 돕는 걸 좋아한다며 우리를 도와주고 싶었다고 했다. 그렇게 아주머니는 우리 모두를 목적지로 데려다 주었고, 감사한 마음에 모은 돈도 받지 않았다. 처음에 경계하고 의심했던 것이 괜스레 미안해졌다.

브라질에서 분필을 들다

이구아수 입구에 내리는 사람은 나 혼자였다. 입장권을 사고 버스를 타면 폭포 근처까지 간다. 정류장에 내리면 바로 앞에 트래킹 코스가 있는데 브라질 이구아수는 보통 걸어서 2시간이면 충분하다고 했다. 마침, 시간적 여유가 있어 더 천천히 자세히 보려고 했다. 나무들 사이로 폭포가 보이기 시작하자, 조금 전 생각은 잊어버리고 뛰어갔다. 폭포를 가까이서 보니 그 웅장함에 탄성이 나왔다. 사진으로 많이 봐서 그런지 마치 유명한 연예인을 보는 느낌이기도 했다. 폭포는 앞에만 있는 것이 아니라 옆에도 그 뒤에도 있었다. 크고, 길었고, 많았고, 넓었다. 한 마디로 이구아수는 정말 웅장했다. 한눈에 다 들어오지 않았다. 물이 위에서 떨어져 쪼개지고, 작은 물방울들은 하늘로 올라가서 무지개를 비추고 있었다. 어디를 봐야 할지 몰라서 두리번거리느라 정신이 없었다.

브라질 이구아수의 하이라이트는 많은 폭포 중에 가장 커다란 악마의 목구멍이라 불리는 폭포를 가까이에서 보는 코스다. 그곳으로 가려면 폭포 중간에 있는 구름다리를 지나야 하는데 커다란 폭포 때문에 소나기를 맞은 것처럼 젖어버린다. 거센 물보라에 눈 뜨기도 힘들고, 짙은 물안개에 폭포 바닥은 보이지 않았지만 거대한 이구아수 폭포를 피부로 느낄 수 있었다. 뛰어다녀서 그랬을까? 생각보다 빨리 나온 거 같아, 출구에 있던 전망대에서 이구아수 구석구석을 눈에 담았다.

아르헨티나 이구아수는 폭포 아래를 보는 곳, 폭포 위를 보는 곳 그리고 악마의 목구멍을 보는 곳, 이렇게 세 가지 코스로 나뉜다. 브라질보다 커서 6시간 정도 걸린다고 했다. 이곳을 다녀온 여행자들이 하나같이 추천한 보트 투어를 신청하고 기다리던 중에 한 미국 할머니를 만났다. 64세의 나이임에도 불구하고 세계 여러 곳을 누비신 할머니 모습은 지금껏 만난 여행가들과는 조금 달랐다. "지금 있는 장소를 온전히 즐기기 위해서는 내가 가지고 있던 기억을 버려야 한다"고 이구아수를 보며 사진을 찍어대는 나에게 했던 말이다. 나는 그동안 여행지의 감동을 오래 간직하기 위해서 사진을 찍어왔다. 그런 모습을 못마땅해 하는 사람도 만나긴 했는데, 그저 사진을 찍기 싫은 핑계로 생각했다. 지금 보고 있는 것을 오래 간직하기 위해서 사진을 찍은 것이 오히려 나중에 볼 것들을 온전히 느끼는데 방해를 하고 있었다니 맞는 말 같았다. 이렇게 여행자들은 자신만의 방법으로 여행을 느끼고 즐겼다.

아르헨티나 이구아수에서는 폭포 하나하나를 자세히 볼 수 있었다. 어디서 물줄기가 오는지 또 어디로 가는지 알 것만 같았다. 폭포 아래에서 했던 보트 투어는 자연이 얼마나 무서운지를 느끼게 해주었다. 폭포 가까이 갔을 땐 강한 물보라에 눈을 뜰 수 없었고 머리는 저절로 숙여졌다. 보트는 폭포로 더 가까이 갔고 폭포는 보트 위로 떨어져 심하게 흔들렸다. 아, 이래서 예전에 보트가 뒤집힌 거구나! 하는 생각에 "STOP!!!" 하고 소리쳤지만, 소용이 없었다. 보트는 어디가 앞인지도 모르게 움직였고, 나는 물을 가득 흡수한 스펀지처럼 흠뻑 젖어버렸다. 보트 투어가 끝나고 내 몸에서는 이구아수 폭포와 함께 폭포를 직접 맞았다는 감동의 눈물이 흘러내리고 있었다.

아르헨티나 이구아수의 하이라이트는 악마의 목구멍 Garganta do Diablo 폭포를 위에서 보는 것이다. 가까이서 본 폭포는 바닥이 보이지 않는 높이와 어마어마 한 물의 양으로 나를 완전히 압도해 버렸다. 마치 초고화질 디지털 화면을 보는 것 같았다. 직접 보고 있는데도 이게 정말 실재하는지 믿어지지가 않았다. "우와!" 하며 감탄사를 연신 내뱉었다. 계속 보고 싶었다. 어떻게든 가져가려고 카메라로 찍고, 찍고 또 찍었는데도 만족할 수 없었다. 사진 찍다 지쳐 멍하니 바라본 폭포의 물줄기를 따라 내려간 시선은 보이지 않는 물안개 어디쯤이었다. '여기서 떨어지면 어떻게 될까?'하는 위험한 생각도 들었다. 실제로 몇 명이 구경하다가 떨어졌다고 하는데 충분히 가능성이 있는 말이었다. 무엇이든 삼켜버릴 것 같은 모습에 왜 악마의 목구멍이라 불리는지 알 것 같았다. 아르헨티나 이구아수는 넓어서 사람들은 기차를 타기도 했다. 나와 할머니는 기차를 타지 않고 걸어가면서 마지막 여유를 즐겼다. 나무들 사이로 흐르는 물줄기, 춤추던 나비들, 기차에서 손을 흔들던 여행자들. 모든 것이 낭만적이었다.

그리고 브라질 이구아수 공원 옆에는 새 공원도 있다. 브라질 전국에서 다친 새들을 구조해서 치료하고 보호하는 공원이다. 공원에는 다양한 새들이 있었고 그 중 판타나우Pantanal라는 습지에서만 볼 수 있는 투카누Tocano 새가 인상적이었다. 다양한 색깔 옷을 입은 앵무새와 무서운 매도 가까이 볼 수 있다. 한 시간 정도면 둘러볼 수 있는데, 시간이 남는다면 한번 가보는 것을 추천한다.

알아두면 좋은 TIP

1 브라질의 120번 버스는 공항과 이구아수 입구 모두 들른다.

2 약한 것부터 보길 원한다면, 브라질 이구아수부터 보는 것을 추천한다.

3 브라질 구름다리는 우비가 필요한데, 굳이 살 필요는 없다.
(나가는 사람들에게서 얻을 수 있다.)

4 아르헨티나에서 브라질 국경으로 올 때 버스는 기다려주지 않는다.

5 아르헨티나 보트 투어는 15분만 해도 된다.

6 헬기 투어는 사진찍기에만 좋다.

7 보트 투어 때 앞에 앉는다면 우비는 필요 없다.

8 아르헨티나 모든 폭포에서 사진 찍을 필요는 없다. 비슷하다.

9 아르헨티나 이구아수에 갈 때는 먹을 것을 준비하는 것을 추천한다.

10 이구아수 폭포 외에 새 공원, 이타이푸Itaipu 댐을 보는 것도 괜찮다.

1. 2 악마의 목구멍을 보는 길 & 가는 길
3. 4 무지개와 기지개 & 폭포 맞기
5. 6 다양한 앵무새 & 투카누

브라질에서 분필을 들다

최초의 수도 "싸우바도르"

·····························

브라질 최초의 수도,

노예로서 흑인들 삶이 시작된 곳,

싸우바도르Salvador.

비행기는 새벽에 착륙했다. 싸우바도르도 히우만큼 위험하다는 말에 날이 밝을 때까지 공항에서 기다리기로 했다. 해가 뜨기 직전 버스 정류장으로 가려는 나를 공항 직원이 말렸다. 위험하다며 조금 더 있다가 가라는 말에 더 무서워졌다. 결국, 해가 뜨고 나서야 버스를 탔다. 버스에서 핸드폰을 확인했는데 아뿔싸, 버스는 반대로 가고 있었다. 뭔가 잘못됐음을 알고 기사에게 도움을 요청했는데, 기사는 영어를 못했을뿐더러 다음 손님을 태우는데 정신이 없었다. 어떻게든 살아야겠다는 생각에 버스 안에서 "HELP ME!!" 하고 소리쳤다. 다행히 한 승객이 이리 오라고 손을 흔들었다. 지도를 보여주고 손발 짓을 해가며 설명했다. 애처로워 보였는지 다음 정거장에서 함께 내려서 버스를 잡고 차비까지 내주었다. 덕분에 무사히 시내로 갈 수 있었다. 가는 동안 버스에선 가방을 꼭 붙잡고 타는 사람들을 경계했다. 사람들이 가득 차고 내리기를 반복하니 어느덧 종점에 도착했다.

◆ 싸우바도르 시내 중심

　핸드폰을 보며 숙소를 찾아가는데 어디서 많이 본 듯한 장소가 보였다. 인터넷에서 싸우바도르를 검색하면 제일 많이 나오는 곳이었다. 화려한 색상의 건물들과 만국기 그리고 장식품들과 조형물들을 '잘 찾아왔다'며 안심했다. 싸우바도르는 브라질 최초의 수도라 큰 도시다. 위험한 치안 때문에 일부만 보는 것이 아쉬웠지만, 공기를 마실 수 있는 것으로 만족하기로 했다.

　싸우바도르에서 가장 많은 사랑을 받는 곳은 올드타운이다. 마이클 잭슨이 뮤직비디오를 찍었던 곳으로 유명하고, 알록달록 건물들과 하늘에 화려한 장식들로 도시는 365일 화려한 축제에 있는 듯했다. 브라질 최초의 엘리베이터가 있는 곳이며 노예로 끌려온 흑인들의 무술인 카포에이라 고장이기도 하다. 엘리베이터는 절벽 위와 아래를 연결해주고 있었다. 아래에서는 현지 사람들의 일상을 여과 없이 볼 수 있다. 수많은 버스가 지나가고, 물건을 팔려는 사람들과 관광객으로 거리는 북적였다. 앞에 있는 시장에서 많은 기념품이 나를 유혹했다. 하마터면 여행 내내 큰 그림을 가지고 다닐뻔했다. 그만큼 싸우바도르 기념품은 품질도 괜찮았고 예뻤다.

근교에 바하Barra 해변도 많은 관광객이 찾는 곳이다. 시내에서 버스로 30분 정도 걸리는데, 가까운 정류장에서 내려 해안가를 걷는 것은 여유를 즐기는 또 다른 방법이기도 하다. 해변에 있는 등대에는 그 지역 역사를 알 수 있는 박물관도 있다. 그 옛날 대항해 시대의 오래된 향기를 느낄 수 있는 곳이다. 해변에서 사람들은 스노쿨링을 하거나 거센 파도 사이로 낚시를 즐겼다.

1 공항과 시내는 거리가 멀다. (버스로 2시간)

2 해가 있을 때는 버스를 타고 다녀도 괜찮다.

3 일방통행이 많고 버스 노선은 복잡하다.

4 다른 곳에 비해 기념품 품질이 좋다.

브라질에서 분필을 들다

1 올드 타운
2 최초의 엘리베이터
3 흔한 거리
4 바하 등대
5 기울어진 십자가
6 싸우바도르 해변

싸우바도르에서 버스타고 헤시피Recife로 갔다. 도심과 멀리 떨어져 있는 터미널은 버려진 공장처럼 으스스했다. 버스터미널은 지하철역이기도 했다. 호스텔과 가까운 역으로 가려고 지하철을 탔다. 으스스한 느낌을 친구들에게 보여주려고 사진을 찍는데, 낯선 시선들이 느껴졌다. 그리고 한 여자가 다가오더니 조심하라고 경고했다. '맞다! 여긴 브라질이지?' 카메라를 다시 가방에 넣었다. 조심스럽게 나의 첫 번째 질문을 했다. 헤시피는 위험하냐는 물음에 여자는 고개를 끄덕였다. 호스텔 위치를 보여주며 가는 방법을 물어보니 마침 같은 방향이라 함께 가게 되었다. 위험하다는 지역에서도 친절을 베푸는 사람들이 많았다. 그렇게 든든한 지원군과 헤시피를 관통했다.

지하철 안은 시끄러웠다. 정확히 승객 반, 잡상인 반이 있었다. 누구를 위한 지하철인지 헷갈릴 정도였다. 파는 것도 얼마나 다양한지, 한 번 몇 가지나 되는지 세어 보다가 포기했다. 지하철 안에는 커다란 여행 가방을 멘 동양인이 신기한지 힐끗거렸다. 과자며, 장난감이며 뭐라도 좀 사라며 말을 거는 사람에게 나는 말을 못하는 사람처럼 고개만 좌우로 흔들 뿐이

◆ 쥬토피아, 헤시피

었다. 지하철 창문으로 시선을 옮겼다. 앞에는 낡은 건물들 그 뒤로는 숲이 있었다. 그리고 저 멀리 커다란 빌딩들이 보였다. 딱 봐도 저곳은 시내, 이곳은 파벨라 라는 것을 알 수 있었다. 애니메이션 '쥬토피아'에서 주인공이 기차를 타고 도시로 가는 장면이 떠올랐다. 저 멀리 보이는 곳에서 편하게 앉아 음료수를 마시고 와이파이를 즐길 거라는 꿈을 가지고 가는 내 모습이 마치 애니 속 주인공과 비슷해 헤시피를 쥬토피아로 부르기로 했다.

헤시피는 잠깐 지나가는 도시라 딱히 멋진 곳을 볼 거라는 기대를 하지 않았다. 호스텔 직원은 '포르투 지 갈링야스Porto de Galinhas'라는 해변을 추천했다. 밀물과 썰물에 의해 자연 풀장이 생기고 그 안에 물고기들이 갇히는 해변이었다. 그 속에 물고기와 같이 수영하고 사진도 찍을 수 있었다.

1 해변에 교통수단 **2** 해변을 즐기는 사람들

다른 곳은 비가 왔는데 이 해변만 비가 오지 않았다. 그래서인지 파도, 모래, 바람, 햇빛 모든 것들이 더 특별해 보였다.

시내 앞에는 긴 해변이 있다. 운동 삼아 해변 양 끝에서 사진을 찍으려 했는데, 중간에 포기할 만큼 길었다. 해변에서는 사람들이 서핑과 다양한 방법으로 물놀이를 즐기고 있었고 편하게 쉴 수 있는 의자도 있었다. 그곳에 앉아 해변과 사람들을 바라보며, 먹는 음식들은 모두 평화로운 맛이 났다. 시내에서 조금 떨어진 곳에는 올린다Olinda라는 오래된 동네가 있다. 예전에는 시내 중심이었지만, 시대가 변하고 다른 곳이 발전하면서 도시는 오래된 역사만 남게 되었다. 이곳에서 헤시피의 진한 향기를 맡으며 브라질 과거를 잠시나마 느꼈다.

헤시피는 내게 생각지도 못한

즐거움을 주었다.

브라질에서 분필을 들다

알아두면 좋은 TIP

1 버스터미널과 공항은 시내에서 지하철로 이동이 가능하다.

2 공항에 포르투 지 갈링야스로 가는 버스가 있다.

3 세 명 이상일 경우, 택시를 이용해서 가는 것이 더 효율적이다.

4 포르투 지 갈링야스 해변에서는 자리세(의자 10헤알, 파라솔 10헤알)가 있다.

5 포르투 지 갈링야스 해변으로 갈 때는 방수 팩을 챙기는 것이 좋다.

1 올드타운과 뉴타운
2. 3 올드타운 거리
4 포르투 지 갈링야스
5 파인애플 쥬스
6 한쪽 끝에 선 해변

브라질에서 분필을 들다

파라다이스 "제리코아코아라"

누가 "브라질 어디가 제일 좋았어?" 하고 물어본다면,
"제리코아코아라Jericoacora!"하고 자신 있게 말할 것이다!

'제리코아코아라'는 이름이 너무 길어 보통 '제리'라고 부른다. 제리는 사막 끝에 있는 도시인데 모랫길이기 때문에 사륜차를 타야 한다. 보통은 포르탈레자로 와서 버스를 타고 지조카 라는 마을에서 사륜차로 갈아타고 제리로 간다. 사막을 가로질러 가면서 보이는 커다란 모래 언덕과 그 아래 있던 오아시스는 제리가 주는 환영의 선물이다. 하지만 그것은 그저 맛보기에 불과하다. 제리의 깊숙한 곳에는 눈을 비비고 다시 볼 정도로 아름다운 곳이 많이 있으니 말이다.

제리는 편안한 휴식을 즐기기에 적당한 도시다. 사막에 물이 고여 있는 신기한 풍경 속에서 몸을 담군 채로 잠을 자기도 하고 수영도 할 수 있다. 그곳에서 먹는 점심은 마치 나를 전혀 다른 세상에 있는 것처럼 만들어 주었다. 활동적인 것을 원한다면 투어도 할 수 있는데 동쪽과 서쪽 투어로 두 개뿐이다. 많지 않아서, 고민할 필요가 없어서 나의 호감도는 상승했다.

1 사막의 오아시스
2 사막의 물침대

브라질에서 분필을 들다

나는 동쪽 투어를 하기로 했다. 해변을 버기카로 달리는데, 얼굴이 일그러질 정도로 빨리 달려도 해변은 끝이 없었다. 강을 건너고, 죽은 숲과 사막도 지나갔다. 높은 모래 언덕에서 내려올 때는 뒤집어지지는 않을까 무섭기도 했다. 그리고 버기카는 언덕 꼭대기에 멈췄다. 언덕 아래에는 큰 호수가 있었다. 이런 사막에 있는 호수들은 우기 때 빗물이 고여서 생긴다고 했다. 그곳에서 사람들은 썰매와 보드를 타고 호수로 내려갔다. 생각보다 빠른 썰매 속도에 나도 모르게 비명이 나왔다. 호수 옆 의자에 앉아 있기만 해도 좋았다. 하늘을 바라보고 선선한 바람을 느끼며 호수를 이불 삼아 누우니 파라다이스가 따로 없었다. 이렇게나 좋은 곳에 혼자 있다니 아쉽고 아까웠다.

투어는 해지기 전에 끝났고 사람들은 일몰을 보기 위해 해변으로 갔다. 이미 많은 사람이 자리 잡고 있었다. 일몰을 더 잘 보려고 사막 언덕을 오르는 사람들을 따라갔다. 마음에 드는 곳에 앉아 해지는 수평선을 바라봤다. 생각보다 빨리 사라지는 해를 보고, '시간이 이렇게나 빨랐나?' 생각하며, 해가 지나간 곳을 한참 동안 바라보았다.

제리에도 어둠이 찾아왔다. 브라질 대부분 도시에는 밤이 되면 불안한 치안 때문에 밖으로 나오지 않았다. 어쩔 수 없이 나올 때는 긴장과 견제의 연속이 나에게 큰 스트레스였다. 하지만 제리에서는 브라질 어디서도 느끼지 못했던 어둠의 편안함과 여유가 있었다. 식당에서 나오는 편안한 노래들, 웃으며 걸어가는 사람들, 시내에 있던 아름다운 조명 거기에 딱 맞춘 듯 가득 찼던 보름달에 제리에서 모든 것은 완벽했다.

제리는 나에게 영원한 파라다이스다.

1 포르탈레자 공항의 프레트까르Fretcar 회사에서만 버스를 예약할 수 있다.
  승차감이 좋다.

2 버스가 만석이면 그 옆에 에르나니투르Ernanitur 회사에서 벤을 이용할 수 있지만,
  승차감은 별로다.

3 두 개의 투어 중, 하나만 해야 한다면 동쪽 투어를 추천한다.
  (서쪽 투어에서 2개 지점은 따로 갈 수 있기 때문)

4 7월~9월에만 페드라 프라다Pedra Furada 바위 사이로 일몰을 볼 수 있다.

5 투어 시 현금을 챙겨야 한다.

6 바헤링야스 도시(랜소이스 사막)까지 갈 수 있는 차편이 있다.

7 주말 저녁, 마을 중심에서는 여러 파티가 열린다.

1. 2 오아시스 & 파라다이스
3 오아시스의 썰매장
4 죽은 나무 숲
5 운이 좋은 일몰
6 해진 후 해변
7. 8. 9 일몰을 구경하기 위해 & 해가 지기 직전 & 아이 러브 제리

브라질에서 붓필을 들다

숨겨진 보물 "렝소이스"
....

신비로운 사막, 처음 보는 사막,

그 이름 렝소이스Lençois.

나름 많은 곳을 다니며 다양한 사막을 봐왔지만, 물이 있는 사막은 처음
이었다. 남미에서 유우니 소금 사막만 특이하지 않았다. 처음에는 "사막에
물이 있다고? 그게 무슨 사막이야?" 하며, 콧방귀를 끼고 무시했다. 사진
으로 볼 땐 의심했고, 실제로 봤을 땐 믿어지지 않았고, 돌아올 땐 잊을 수
없었던 렝소이스. 처음 마주했을 때 마치 콜럼버스가 신대륙을 발견한 것
처럼, 새로운 사막을 발견한 듯 흥분했다.

렝소이스 사막은 마라녠지스Maranhenses 국립공원 안에 있다. 그곳에 가려
면 먼저 가까운 큰 도시인 쌍루이스São luis에서 대중교통으로 4시간 정도 바
헤이링야스Barreirinhas로 가야 한다. 그리고 사륜차를 타고 한두 시간을 더 가
야 한다.

바헤이링야스 마을에는 렝소이스 사막 투어사들이 많다. 그중에서 전체
적인 사막을 볼 수 있는 경비행기 투어와 사막을 직접 만지고 수영할 수 있

는 투어 그리고 사막에서 며칠 동안 머무르는 사막 트레킹과 근교 투어들
이 있다.

렝소이스 사막은 1월부터 6월까지는 우기로 7월부터 12월까지는 건기다.
여름(12~2월)에 뜨거운 태양이 아마존 숲 지역에 강하게 내리쬐면, 상당한
양의 수증기가 생성되는데, 그 수증기는 다시 땅에 비로 내린다. 이렇게 내
린 비와 사막 아래로 지나던 지하수에 의해 물이 고여 형성된 사막이라고
한다. 사막에는 건기임에도 마르지 않는 곳도 있어, 언제든 물이 고인 사막
을 볼 수 있지만, 우기만큼 예쁘지는 않다. 6월과 7월이 가장 물이 많아 관
광객이 많이 찾아오는 성수기다.

여기선 무조건 비행기 투어를 해야 한다는 말에 투어사를 알아봤다. 처
음엔 2명만 타려고 했는데 다른 사람과 함께 타면 할인해준다는 말에 넘어
가 큰 비행기로 예약했다. 다음날 비행장에는 다른 사람은 보이지 않았고
큰 비행기에 둘만 타는 행운을 얻었다. 마치 비즈니스 좌석으로 업그레이
드된 것 같아 기분이 좋았다. 하늘에서 보는 렝소이스는 언제 이런 풍경을
또 볼 수 있을까 하고 오랫동안 기억하고 싶어 사진과 동영상을 찍어 댔지
만, 역시 만족할 수 없었다. 하얀 모래 위에 있는 청록색 물줄기가 끝없이
펼쳐진 커다란 규모에 입을 다물지 못한 채 눈으로 담았다.

사막을 만져보는 날이었다. 한 시간 넘게 달리던 사륜차는 하얗고 높은 모래 언덕 앞에서 멈춰 섰다. 가이드는 앞으로 2시간 후에 차가 떠난다고 마음껏 놀고 오라고 했다. 생각보다 적은 시간에 마음은 급해졌다. 모래 언덕을 오르니 눈앞에 렝소이스 사막이 펼쳐졌다. 앞에는 사막이, 뒤에는 푸른 숲도 또 다른 장관이었다. 정해져 있는 시간에 관광객들은 사진 찍기 대회에 참석한 것처럼 분주했고 덩달아 나도 이리저리 움직이느라 분주해졌다. 모래 위에서 찍은 사진은 마치 내가 구름 위에 있다고 착각할 만큼 하얬다. 하늘에서 보고 직접 만지면서 나는 렝소이스를 정복해 갔다. 이곳에서 한국인을 세 명이나 만났다. 한 명은 호스텔에서 다른 두 명은 사막투어를 할 때였다. 그리 유명하지 않은 곳이라 누구를 만날 거라고 기대하지 않았는데 세 명이나 만나다니 신기했고, 반가운 마음에 이미 알고 있는 사람처럼 인사했다. 여행하다 보면 가끔 한국말을 하고 싶을 때가 있다. 아마 이때가 그때였나 보다. 덕분에 오랜만에 한국말로 밤새 수다를 떨었다.

렝소이스 일정이 끝나고 쌍루이스로 돌아갔다. 극심한 교통체증 때문에 두 시간 늦게 도착한 쌍루이스는 이미 어두워져 있었다. 미리 적은 숙소 위치를 보여주며 겨우 버스를 찾았다. 잘 가는지 핸드폰을 확인해가며 버스 창문 밖으로 시내를 느꼈다. 이곳도 밤이 되니 다른 브라질 도시처럼 으스스했다. 쌍루이스에는 올드타운이라고 불리는 관광지가 있다. 그 도시의 오래된 분위기와 현지 사람들의 꾸미지 않은 생활 문화도 느낄 수 있다.

알아두면 좋은 TIP

1 각 여행사의 투어 가격은 모든 여행사가 똑같다.

2 모든 투어를 할 때마다 투어사에서 호스텔로 데리러 온다.

3 6월과 7월에는 모기가 많다.

4 사막 호수 투어는 두 개가 있는데 하나만 해도 된다.

5 사막 호수 투어할 때, 사륜차를 타고 1시간~1시간 30분이 걸린다.

6 사막 호수에서 제한 시간이 있다.

7 경비행기 투어에서 사진을 잘 찍고 싶으면 뒷자리를 추천.

8 쌍루이스 시내는 하루면 된다.

1. 2 하늘에서 본 렝소이스 사막
3 사막을 보기 위해
4 사막에서 보는 일몰
5. 6 쌍루이스 시내

한 사진을 보았다.

그곳은 브라질 보니뚜Bonito라는 곳이었다.

그 사진을 보자마자 왠지 꼭 가야 할 것 같은 생각이 들었다. 사진 아래에 적혀있는 '보니뚜'라는 지명에 다음 여행 목적지로 정했다. 그렇게 나는 사진 한 장만으로 여행을 떠났다. '보니뚜'는 포르투갈어로 '예쁜' 이라는 의미다. 브라질 사람들도 그렇게 생각하는지 도시 이름을 '보니뚜'라 지은 것 같았다.

보니뚜는 쌍파울루와 1시간 시차가 있다. 브라질이 크다는 것을 다시 한 번 실감했다. 보니뚜로 가려면 먼저 가까운 큰 도시인 캄푸그란지Campo grande로 간 다음 버스를 타고 4시간 정도 가야 한다. 캄푸그란지까지는 쌍파울루에서 약 버스로 15시간, 비행기로 1시간 반이 걸린다.

여행지답게 보니뚜에는 석회 동굴, 천연 워터파크, 폭포, 습지 등 다양한 투어들이 있다. 이 중에 보니뚜의 트레이드 마크는 파란 물이 고인 동굴이다. 바로 이곳이 나를 운명처럼 이끈 곳이다. 석회암 지역이 빗물에 녹아

형성된 동굴, 그리고 그 바닥에 물이 빠져나가지 못해 만들어진 커다란 호수는 하늘만이 만들 수 있는 작품이었다. 파란 물이 어떤 맛인지 또 얼마나 차가운지 들어가서 느끼고 싶었지만, 금지되어 있다는 말에 그저 바라볼 수밖에 없었다. 사랑하는 사람을 그저 바라볼 수밖에 없는 느낌이 과연 이럴까? 운명처럼 이끌려 온 곳인데, 전부 느낄 수 없었다는 것에 아쉬워하며 발걸음을 돌렸다.

동굴 입구가 천장에 있는 곳도 있는데, 이곳은 헤펠(줄)을 타고 내려가야 한다. 이곳은 12월~2월 사이에만 천장 입구를 통해 빛이 들어온다. 시기를 잘 맞춰 간다면 동굴로 들어오는 신비로운 빛줄기를 볼 수도 있다. SBS 정글의 법칙 팀이 했던 투어이기도 했다. 하루에 스쿠버 6명, 헤펠 12명으로 인원 제한이 있다. 예약이 가득 차면 아무리 돈을 많이 낸다 해도 할 수 없다. 보니뚜에서 가장 비싼 투어다. (약 30만 원)

강줄기를 따라 스노쿨링 하는 투어도 있다. 물에 뜨는 슈트를 주기 때문에 수영을 못 해도 괜찮다. 편안하게 흐르는 물에 몸을 맡겨 그 안에 물고기를 보는 즐거움이 있다. 가이드는 물이 흐려지는 것을 막기 위해서 발을 흔드는 것과 바닥 밟는 것을 통제한다. 보니뚜에는 이렇게 천연 워터파크에서 스노쿨링 하는 투어가 많아 물놀이의 천국이라 불리기도 했다. 한국에서는 일부로 워터파크를 만드는 것에 비하면 브라질은 보니뚜라는 하늘의 선물을 받은 것과 다름이 없었다.

1 운명의 사진
2 . 3 물속을 탐험하자
4 천연 워터 파크
5 숲 속의 우물
6 물속에 물고기

보니뚜에서 모든 투어는 안타깝게도 교통편이 포함되어 있지 않다. 보통은 투어사에서 교통편까지 알아봐 주지만, 교통편을 구하지 못한다면, 비싼 택시를 타거나, 힘든 자전거를 이용해야 한다. 가뜩이나 비싼 투어비에 교통비까지 별도라니 배낭 여행자들에겐 오래 머물고 싶지 않은 장소임은 분명하다. 게다가 투어 가격이 정해져 있기 때문에 많은 여행사를 돌아다니는 것은 시간이나 체력적으로도 낭비다. 오히려 가까운 여행사에서 하거나, 한 곳에서 한꺼번에 예약하고 교통편을 할인받는 것이 이익이다. 보니뚜는 여행자들보다 현지인들에게 더 유명했고, 여행 오는 사람들도 브라질 현지인이 대부분이었다. 보통 그들은 차를 가져오거나 렌트를 해서 오기 때문에 교통편이 필요 없었다. 이런 이유로 보니뚜의 모든 투어는 교통비 별도가 당연해 보였다. 콜렉찌부라 해서 교통편이 없는 사람들을 위한 교통수단이 있었지만, 수요에 따라 가격이 달랐고 매일 있지도 않았다.

너무 비싼 투어 가격에 모든 투어를 할 수는 없다. 그럴 땐 여유롭게 저녁에 시내를 둘러보는 것도 좋다. 저녁때가 되어 시내 중심에는 있는 나무들에 조명이 켜지면 밤하늘에서 빛나는 별처럼 예쁘다. 사람들은 그 주변으로 모여 사진을 찍고 이야기꽃을 피운다. 거리 옆 식당에서 흘러나오는 라이브 음악은 보니뚜를 더욱 활기차고 평화롭게 했다. 이런 보니뚜의 모습을 간직하라고 하는지 거리에 있는 기념품 가게는 분주했다.

1 작은 폭포
2 내려가기 직전
3 72m 높이에 동굴

「부록」

외국에서 나는 마주치는 사람들에게 먼저 인사를 건네는 편이다. 이 때문에 옆에 있는 사람들은 왜 그렇게 인사를 자주 하냐며 묻거나, 너털웃음을 지으며 모른 척하고, 나중에 붙임성 좋다는 말을 하기도 한다. 평소 성격이 외향적이긴 했지만, 꼭 그래서 먼저 인사를 한 것은 아니었다. 나도 아무도 신경 쓰고 싶지 않을 때가 있고 무서울 때도 있다. 그래도 웬만하면 인사를 하려고 했다.

그 이유는 첫째로, 좋은 인상을 남기기 위해서다.

모두에게 좋은 인상을 남길 필요는 없지만, 남겨서 손해 보는 것은 없다. 인사를 건네는 사람을 보면, '저 사람 참 밝다', '친절한 사람이다.'라고 생각하게 된다. 그리고 한국사람이라는 것을 알게 되면, 한국인은 친절하다고 생각 할 수 있다. 최소한 '나'라는 사람이 괜찮은 사람이라는 것을 느끼게 할 수 있다.

둘째, 친구를 만들기 위해서다.

인사를 건네는 것은 먼저 말을 트는 것이다. 그리고 대화가 계속 이어진다면 좋은 친구가 될 가능성이 높다. 그 사람은 도움이 될만한 정보를 주거나 뜻하지 않은 친절을 베풀기도 한다.

셋째, 그 지역의 안전을 확인하기 위해서다.

그 사람이 어떻게 인사에 반응하느냐에 따라서 그 지역의 분위기를 느낄 수 있다. 밝게 손을 흔들어 준다면, 돌아다니기에 그럭저럭 괜찮은 동네지만, 고개를 돌려 피하거나 인사를 못 본 척 무시한다면 조심해야 하는 동네다.(히우 파벨라가 그랬다.)

넷째, 그 사람의 마음을 바꾸기 위해서다.

혹시 나를 해하려는 불순한 마음이 있는 사람이라면, 먼저 인사를 건넴으로써 그 마음을 누그러뜨릴 수 있다. 또한, 아시아인에게 안 좋은 감정을 가지고 있던 사람이라도 먼저 인사를 건넴으로써 그 생각을 바꾸게 할 수도 있다.

매번 인사를 할 수는 없다. 내가 괜찮을 때, 여유가 있을 때 해야 즐거운 대화로 이어질 것이다. 눈이 마주치거나 뜻하지 않게 마주하게 되었을 때, 피하지 말고 눈인사라도 해보자. 세계 어느 곳이나 인사를 무시하는 사람은 없다. 어떠한 형태로든 반드시 돌아온다. 혹시, 인사할 기분이 아니라도 상대방이 하는 인사에 웃으면서 "How are you?"하고 되묻는 여유도 가져보자. 어쩌면 생각하지 못한 여행의 즐거움이 생길 수 있다.

한국인들은 먼저 인사를 건네는 것이 어색할 수 있다. 그런 문화가 아니기에 당연하다. 한 게스트 하우스에서 재밌게 이야기하는 사람들을 보고,

나만 소외되는 것 같아 한국에 있는 친구들이 그리운 적이 있었다. 그들은 처음 만난 사이라는 것을 알았을 때 놀라웠다. 어떻게 그렇게 빨리 친해질 수 있는지 궁금해졌다. 외국인들은 눈만 마주쳐도 'Hi, How are you?'라는 인사로 시작해 서로 친구가 되었다. 로마에 가면 로마 법뿐만 아니라, 로마 문화까지도 따르길 추천한다. 먼저 인사를 건네고, 설령 내 생각만큼 받아주지 않더라도 그 사람은 그런가 보다 생각하고 쿨 하게 넘겨보도록 하자.

그동안 여행하며, 더욱 진하고 유익한 여행을 만드는 것은 먼저 건네는 인사, 그리고 다시 물어보는 인사부터 시작된다는 것을 알게 되었다.

1월 1일	새해
2월 마지막 주	까나바우
부활절 전 금요일(3월~4월 사이)	좋은 금요일(부활절의 첫날)
4월 21일	찌라덴지스 독립운동일 (국가적 영웅)
5월 1일	노동절
5월 둘째 주 일요일	어머니 날
6월 15일	코퍼스 크리스티의 날 (국가적 영웅)
8월 둘째 주 일요일	아버지 날
9월 7일	독립기념일
10월 12일	성모마리아의 날 / 어린이 날
10월 15일	스승의 날
11월 2일	죽은 모든 이를 기억하는 날
11월 15일	브라질 공화국 선언의 날
11월 20일	검은 의식의 날
12월 25일	성탄절

(도시와 학교마다 휴일이 다르다)

휴일이 목요일이라면 금요일은 자동적으로 임시 휴일이 된다. 브라질에서 쉬는 날은 생각보다 많았다.

　스페인어를 공부해 본 사람은 그 단어의 발음이 얼마나 알파벳에 충실한지 알 것이다. 기본적으로 포르투갈어는 스페인어와 비슷하기에 몇 가지 다른 점을 적어 보았다. 한국어로 표현하기에 어려운 것도 있고 워낙 브라질이 넓어 지역적인 차이가 있겠지만, 최대한 비슷하게 살려보았고 간단하게 압축해 보았다.

1 D와 I가 결합하면 '디'가 아닌 '지'로 발음한다.

·날	**Di**a [**지**아]
·중간	Me**dio** [메**지**우]
·영어에서 Of	**De** [**지**]
·말하다	**Di**zer [**지**제르]

2 끝에 오는 e는 '이'로 발음한다.

·우유	Leit**e** [레이**찌**]
·큰	Grand**e** [그란**지**]
·항상	Sempr**e** [셈프**리**]

3 T는 I와 결합하면 '띠'가 아닌 '찌'로 발음한다.

·창조하다	Cri**ti**car [크리**찌**까르]
·최근	Recen**te** [헤쎈**찌**]
·오래된	An**ti**go [앙**찌**구]

4 끝에 오는 O는 '오'가 아닌 '우'로 발음한다.

·점심	Almoço [알모쑤]
·토요일	Sábado [싸바두]
·지난	Passado [빠싸두]

5 받침으로 오거나 단어 끝에 오는 L은 '우'로 발음한다.

·축구선수 이름	Ronaldo [호나우두]
·종이	Papel [빠뻬우]
·브라질	Brazil [브라지우]

6 앞에 오는 R과 Rr는 'ㅎ'로 발음한다.

·브라질 북쪽 도시	Recife [헤시피]
·지우개	Borracha [보하샤]
·라디오	Radio [하지우]

7 단어가 자음으로만 끝나는 경우, '이'로 발음한다.

·삼성	Samsung [삼숭기]
·브라질 대학교 중 하나	USP [우스피]

8 N이나 M의 발음은 'ㅇ'으로 낸다.

·돈	Dinheiro [징예이루]
·100	Cem [쌩]
·영어의 Where	Onde [옹지]
·삼바 춤	Samba [쌍바]

이 글을 마치며 저는 아직도 브라질을 안다고 말하기는 부족하다는 생각이 들었습니다. 수십 년 동안 브라질에서 살고 계신 분들도 이곳에 대해 잘 모른다고 하시는데, 짧은 시간, 한 사립 학교에서 머물며 이 나라와 교육을 파악하기에는 분명히 한계가 있을 것입니다. 그럼에도 글을 적은 이유는 이 기록을 통해 많은 사람이 브라질에 대해 알고 친숙해졌으면 하는 마음에서였습니다.

브라질에 오기 전까지 브라질에 대해 아무것도 몰랐습니다. 기껏해야 쌈바 춤을 추는 나라와 축구 잘하는 나라 정도였죠. '생각보다'라는 말을 쓰기 무색할 정도로 생각해본 적조차 없었습니다. 그동안 제가 지냈던 브라질은 예뻤고, 무서웠고, 신기했고, 아름다웠습니다. 제가 느낀 브라질이 이 글을 통해서 여러분에게 느껴진다면, 더할 나위 없이 행복할 것 같습니다. 다른 문화 사람들, 학생들과 다양한 관광지에서 희로애락을 느꼈던 순간들을 통해 브라질 사람들과 비록 몸은 멀리 떨어져 있으나 마음으로라도 가까워지기를 바라봅니다.

어떤 아이들은 학교에서 수업이 아닌, 동네 형들에게 도둑질하는 방법이나 무기를 사용하는 방법을 배우며 교육에 대한 기회조차 없는 반면에, 다른 아이들은 부모님의 지원을 받아가며, 사립학교에서 질 좋은 교육을 받을 정도로 현재 브라질은 이렇게나 빈부격차가 큽니다. 시내 중심에 있던 마을을 보며, 그곳의 아이들을 생각했지만, 현실적으로 딱히 도와줄 방법이 없어 안타까웠습니다.

저는 안전을 비롯한 여러 이유로 사립학교에서 근무하게 되었고 이곳에서 최선을 다했습니다. 오브제치부 학교에서 학생들과 지내며, 문화가 달라서 당황스러웠던 적도 있었고, 처음 듣는 언어로 의사소통이 어렵긴 했지만, 결국엔 서로에 대한 마음으로 새로운 추억이 쓰였습니다.

브라질 학생뿐만 아니라 만났던 모든 사람이 저를 통해 한국에 대해 알고, 세계는 넓다는 것을 알고, 더욱더 큰 꿈을 갖고 세상으로 나갔으면 합니다. '이런 평범해 보이는 사람도 했으니, 나도 할 수 있겠구나!' 하는 씨앗이 그들의 마음속에 심어져 도전하는 열매가 맺힐 수 있길 바라봅니다.

350일 동안, 물론 힘들었고 포기하고 싶은 순간도 있었지만, 그럴 때마다 브라질에 가기로 결정한 순간을 떠올렸습니다. 그리고 옆에서 힘이 되는 학생들과 선생님, 그 밖에도 많은 분들에게 도움을 받은 덕분에 《브라질에서 분필을 들다》 책이 나올 수 있었습니다. 모두에게 이 자리를 빌려 감사하다는 말씀을 전합니다.

2017년 브라질에서

꿈을 이야기하는 선생님, 안태수

브라질에서 분필을 들다

초판 1쇄 인쇄 2018년 01월 26일
초판 1쇄 발행 2018년 01월 31일
지은이 안태수

펴낸이 김양수
편집·디자인 이정은
교정교열 장하나

펴낸곳 휴앤스토리
출판등록 제2016-000014
주소 경기도 고양시 일산서구 중앙로 1456(주엽동) 서현프라자 604호
전화 031) 906-5006
팩스 031) 906-5079
홈페이지 www.booksam.co.kr
블로그 http://blog.naver.com/okbook1234
페이스북 https://www.facebook.com/booksam.co.kr
이메일 okbook1234@naver.com

ISBN 979-11-961897-4-7 (03810)